마음일기

나를 만나다

마음일기

나를 만나다

펴 낸 날 2024년 5월 9일 초판 1쇄

지 은 이 곽그림(그리움)
펴 낸 이 박지민
책임편집 윤서주
편 집 김정웅, 민영신, 이경미
책임미술 롬디
마 케 팅 박종천, 박지환

펴 낸 곳 모모북스
서울특별시 동대문구 왕산로81, 203-1호(두산베어스 타워)
전화 010-5297-8303 팩스 02-6013-8303
등록번호 2019년 03월 21일 제2019-000010호
e-mail pj1419@naver.com

ISBN 979-11-90408-55-4

마음일기

나를 만나다

곽그림(그리움) 지음

모모북스

우리는 대부분 다른 사람에 대한 관심이 많습니다. SNS에서 다른 사람들의 이야기를 샅샅이 보면서 나의 삶과 비교하고 혼자 아파하고 외로워하기가 부지기수지요. 친구들과 만나도 연예인 이야기, 어제 본 드라마 이야기, 정치인 이야기, 누구네 이야기, 또 다른 누구네 이야기를 많이 늘어놓기도 합니다.

'나'에 대해서는 얼마나 알고 있나요? '나'와는 얼마나 만나고 있나요?

심리, 상담, 코칭을 전공하면서 얼마 안 되는 지식과 얼마 안 되는 경력으로 사람들을 만났지만 모두 공통적인 것은 진정한 나와의 만남이 이루어질 때 자유함을 얻는다는 것입니다. 과거의 나를, 현재의 나를, 그리고 미래의 나를 그려내고 만날 때 자신만의 삶을 만들어갈 힘이 생깁니다.

저 또한 그랬습니다. 과거의 어느 순간 혼자 버려졌던 나를, 무시

했던 나를, 그 수많은 이야기에 그저 조연으로 존재했던 나를 다시금 주인공의 자리로 돌려놓고 세워 놓은 후에, 무섭고 두렵지만 정면으로 마주하고 만났을 때, 그제야 숨을 돌리는 것 같았지요.

나 자신조차 몰랐던 나의 모습이 순간순간 튀어나올 때 우리는 당황하게 됩니다. 남들에게 보일까 두려워 숨기기에 바빴던 내 모습이 있나요? 나조차도 실망스러운 나의 일부분이 있는지요?

저는 이 책이 알아주지 못했던, 혹은 숨겨두고 방치했던 '나'에 대해 찬찬히 돌아볼 수 있는 시작점이 되길 바랍니다. 너무나 익숙한 문장, 익숙한 단어로 이루어진 짧은 질문 하나에도 나에 대해 심도 있게, 진지하게 고민해 보고 생각해 보길 바랍니다. '내 속에 내가 너무도 많다'라고 하지 않던가요. 어제 만났던 나, 오늘 만나는 나, 그리고 내일 만나게 될 나는 모두 다릅니다. 그 새롭고 새로운 나를, 양파 같은 묘미와 매력이 있는 나 자신을 만나면서 더욱

더 사랑에 빠지기를 바랍니다.

나 자신에게 가장 가혹했던 사람이라면, 다른 사람에게는 쉽게 건네던 칭찬과 격려, 그리고 응원과 위로의 말 한마디 건네기에 인색했던 나 자신에게 진정한 사랑의 메시지를 보낼 수 있는 기회가 되길 바랍니다.

그냥 하루에 한 장, 어떤 날은 열 장, 스무 장, 쭉 써 내려가면서 나에 대해 새롭게 발견하고 만나게 되길 간절히 바랍니다.

자존감, 회복 탄력성 등 수많은 심리학자, 상담사, 강사들이 말하는 그 멋스러운 단어가 진짜로 실현이 되기 위해서는, 정말로 나 자신을 진심으로 사랑하기 위해서는 나를 아는 것부터 반드시 수반되어야 합니다. 연애를 하려면 그 사람이 무엇을 좋아하는지, 어떤 성격인지 아는 것부터 시작하는 것과 마찬가지로요. 나 스스로를 가장 잘 안다고 생각하지만, 그것은 큰 착각이고 오산입니다. 주어진 질문을 채우다 보면 나에 대해 새삼스럽게 알게 되는 것이 무궁무진할 것입니다. 어쩌면 답을 못할 수도 있습니다. 두근거리는 마음, 설레는 마음으로 나 자신에 대해 아는 진지하고 고요한 시간을 꼭 간직할 수 있길 바랍니다. 그래서 진짜 사랑받을 만한, 너무나 귀하고 존귀한, 이 세상에 하나뿐인 나 자신을 발견하고 사랑에 빠지길 바랍니다.

남녀노소 그 누구든 지금, 바로 이 순간에 나 자신과 다시 마주하게 되는 이 시작을 응원하며…….

온 우주보다도 귀하다는 당신 한 명만의 책이 되고 소중한 일기장이 되고, 강력한 기록이 되고, 깊이 있는 자서전이 되길 바라며…….

나만의 이야기 시작!

이 책의 사용법

사용법은 딱히 없습니다.

순서대로 해도 좋고, 하고 싶은 것을 먼저 펼쳐서 해도 좋고, 마구잡이로 펼쳐서 시작해도 좋습니다.

하지만 반드시 기억할 것은, 있는 그대로, 솔직하게 답해야 한다는 것입니다.

'누군가가 볼 수도 있으니', '누구에게 보여주려고' 하는 것이 아니라 있는 그대로의 나를 만나기 위해서는 정말 솔직하게 답해야 합니다.

내가 정말 좋은 것, 싫은 것, 아픈 것, 행복한 것 그대로 답해봐야 나를 만날 수 있습니다.

아, 그런데 함께 공유할 수는 있습니다.

내 배우자나 가족, 또는 믿을만한 사람들과 함께요.

내가 만난 나를 신나게 소개할 수 있고, 상대방을 알 수 있는 좋은 시간에 활용할 수도 있지요.

단, 내가 공개할 수 있는 것까지만 하세요.

너무 많이 공개하고 힘들어하거나 부끄러워하거나 속상해할 것 없이, 내가 할 수 있는 만큼만 알려주세요. 그리고 서로를 이해하기로 했다면 평가를 하는 것이 아니라 '아, 그랬구나' 하고 그냥 알아주기만 하면 됩니다. '당신은 그런 사람이었군요.' 하고요. 판단을 하거나 가르치려고 하지 말아 주세요.

좋은 사용법이 있다면 저에게도 알려주세요!

하지만 역시나 '법'이라고 정해진 게 없어요. 세상의 60억의 사람이 60억의 인생을 살고 있듯이, 당신이 당신을 만나는 그 길에는 따로 '법칙'이 없습니다. 자유롭게 나를 만나고, 자유롭게 서로를 알아가세요. 나 먼저! 그다음 너! 이건 꼭 잊지 마시고요.

목차

나
살펴보기

나
다독이기

나 안아 주기

나 키우기

<부록>

안녕? 만나서 반가워. 너무나 소중하고

사랑스러운 ____________ 야.

나에게
관심 가지기

나의 이름

나의 이름:

* 내 이름의 뜻은 무엇인가요? 누가 지어줬나요?

* 내 이름이 마음에 든다면, 그 이유는 무엇인가요?
  혹 마음에 들지 않는다면, 또 그 이유는 무엇인가요?

* 만약 내가 새로 짓고 싶은 나만의 이름이 있다면 무엇이고, 그 이름에 담긴 의미는 무엇인가요?

나의 이름

정작 나 자신은 별로 부를 일 없이 다른 사람에 의해서 불리는 내 이름을 나는 얼마나 사랑하고 있나요?

내 이름에 담긴 의미를 알고 있나요? 그 의미를 알기에 더 행복해진 때가 있나요? 혹은 그 의미 때문에 더 슬퍼진 때가 있나요?

이름이 마음에 들든 안 들든, 이것은 내 이름입니다. 내 평생 나와 함께 살아온 나의 일부지요. 이름에 담긴 의미가 소중하다면, 그 이름의 뜻대로 살아가고자 하는 에너지가 됩니다. 반대로 마음에 들지 않는다면, 오히려 삶을 내 의지대로 만들고자 하는 강력한 동기 부여가 되기도 합니다.

김춘수의 '꽃'에서는 '내가 그의 이름을 불렀을 때 그는 나에게로 와서 꽃이 되었다'라고까지 표현하지 않던가요. 나란 존재 자체를 의미하는 나만의 이름. 동명이인이 있든 없든 그 이름만이 나를 나타내는 고유한 이름입니다. 나의 존재, 나의 의미, 나의 명사.

오늘만큼은 소중하게, 가장 존귀하게 나의 이름을 불러 보는 것은 어떠할까요?

"○○야, 안녕? ○○로 살아오느라 참 수고했어."

자화상

내 얼굴을 그려보세요. 거울을 봐도 좋고, 보지 않아도 좋습니다.

그림을 그린 후 다음 질문에 답해 보세요.

* 그림 속 나의 모습에서 가장 마음에 드는 부분은 어디인가요?

* 그림 속 나의 모습에서 가장 마음에 들지 않는 부분이 있다면 어디인가요?

* 그림 속의 나는 무슨 생각을 하고 있나요?

* 그림 속의 나는 무슨 표정인가요?

* 그림 속의 나는 어떤 감정을 느끼고 있나요?

* 그림 속의 나에게 해 주고 싶은 말은 무엇인가요?

자화상

자신의 얼굴에 100% 만족하는 사람이 과연 있을까요? 예전에 TV에서 그 누가 봐도 잘생긴 외모의 배우가 '나는 내 얼굴에 만족하지 않는다'라고 말해서 야유를 사는 것을 보면서 저도 같이 욕했어요. '그래도 부럽다'면서요. '뭐 이 정도면 봐줄 만하지.', '난 내 얼굴에 만족해'라고 당당히 말할 수 있다면 얼마나 좋을까요! 꼭 어떤 정해진 기준으로 봤을 때 예쁘고 멋진 외모가 아니라, 나 자신이 만족할 만한 나의 얼굴 말이에요!

그런데 생긴 것도 생긴 것이지만 내 얼굴에 대한 '이야기'가 중요합니다. 내 얼굴을 그려보라 하면 오늘 다르고, 내일 다르게 그립니다. 뭐 그림 실력이 이러니 할 수도 있겠지만요, 그날그날의 기분에 따라, 나를 생각하는 마음에 따라 다르기도 하지요.

내 눈이 만족스러운 사람은 눈을 크고 예쁘게 그리기도 하고, 코가 만족스럽지 않은 사람은 코를 실제보다 더 예쁘게 그리기도 하고, 내가 마음에 안 드는 내 주근깨, 여드름, 흉터, 툭 튀어나온 광

대는 빼고 그리기도 하고, 만화 주인공처럼 그리기도 하고, 혹은 너무 현실적으로 그리기도 하고, 단순하게 그리기도 하고, 구체적으로 그리기도 하고……. 아주 다양하지요. 또 그날의 기분에 따라 예쁘게도 그렸다가, 엄청나게 대충 그리기도 했다가, 질문에 대한 답도 그날그날 달라집니다. 다른 종이에 다른 날 또 그려보세요. 그림 실력은 중요하지 않아요. '나를 바라보는 내 마음'이 중요하단 겁니다. 나 자신을 어떻게 생각하고 있는지, 어떻게 바라고 있는지, 어떻게 느끼고 있는지 말이에요.

어떤 얼굴이든지 오늘 그린 나에게 한마디 해주세요.

"○○야, 너 참 예쁘게도 생겼다. 너 참 잘생겼다. 너무 사랑스럽다. 이 부분이 너무 매력적이야! 네가 어떤 표정이든, 어떤 모습이든 그냥 넌 너라서 예쁘다!"

서로의 얼굴 그리기

* 공유하는 사람이 있다면…….

상대방의 얼굴을 그려주세요.

그림을 그린 후 다음 질문에 답해 보세요.

<그림을 그린 사람에게 질문>

* 내가 그림을 그릴 때 가장 신경을 썼던 부분은 어디인가요?

* 상대방의 얼굴에서 가장 매력이라고 생각되는 부분은 무엇이고, 그 이유는요?

* 내가 그린 상대방의 얼굴을 보면 어떤 느낌이 드나요?

* 어떤 말을 해 주고 싶나요?

<나에게 질문>

* 내가 그린 자화상과 비교할 때 다른 점이 무엇인가요?

* 상대방이 내 얼굴을 그릴 때 어떤 생각을 했나요? 어떤 느낌이 들었나요?

* 그림을 그린 사람이 질문에 답한 것을 들었을 때 어떤 느낌이 들던가요?

* 내가 생각하는 내 모습과 다른 사람이 보는 내 모습은 어떤 것이 같고, 어떤 것이 다른가요?

서로의 얼굴 그리기

좋아하는 사람이 절 보면서 '너무 예뻐'라고 말할 때마다 '아닌데'라고 답했습니다. 그냥 좋아하는 사이니까, 예의상 하는 말이라고 생각했어요. 물론 잘 보이고 싶어서 더 예쁘게 꾸미기도 했으니 그런 소리를 들으면 기분이 좋기도 했지만, 진심이 아니라고 생각했습니다.

내가 생각하는 나와 다른 사람이 보는 나는 얼마나 같은가요? 또 얼마나 다른가요? 우리는 다른 사람이 나에게 하는 나쁜 말만 기억하고 의미를 부여합니다. 좋은 말은 그냥 대충 넘어갈 때가 많아요.

오늘은 아니라고 말하지 말고, 토를 달지도 말고, 쑥스럽다고 얼버무리지도 말고, 내 매력이라고 말해주는 그것을 그냥 인정해 줍시다. '맞아! 난 그게 매력이지!'

그리고 다른 사람의 매력도 센스 있게 찾아 주세요. '넌 그게 매력이야! 인정해!'

내 몸 그리기

빈칸에 내 몸 전체를 그려보세요. 전신을 그리는 겁니다. 막대 모양이 아닌 실제 사람 모양으로 그려보세요. 그림의 실력은 중요하지 않습니다.

그림을 그린 후 다음 활동을 해 보세요.

1. 각 몸의 부분에 잘하는 것과 칭찬할 것을 써 보세요. 그림에 직접 해도 좋습니다. 꼭 보이는 부분만이 아니라 보이지 않는 몸속 기관까지 포함입니다.

2. 요즘 내 몸의 부분 중 가장 수고하고 있다고 생각하는 곳은 어디인가요? 그 이유는 무엇인가요?

3. 내 몸을 건강하게, 아름답게 가꾸기 위해 해야 할 것은 무엇인가요?

4. 위의 활동을 마치고 난 후의 느낌은 무엇인가요?

내 몸 그리기

어린 시절 이후 내 몸을 그려본 적이 있나요? 그리 많지 않은 경험일 것입니다. 내 몸을 어떻게 표현했는지요? 조금 더 예쁘게, 조금 더 날씬하게 표현했나요? 있는 모습 그대로의 내 몸을 표현했나요? 옷을 입고 있는지, 벗고 있는지, 옷을 입고 있다면 어떤 옷을 입고 있는지요? 나눌 사람이 있다면 서로의 그림을 나눠 보세요. 그림 실력에 상관없이 저마다 표현 방식이 다를 겁니다.

'내 몸 그리기' 활동을 통해 내 몸의 기관과 부분 부분에 칭찬을 해 주셨나요? 몸속 구석구석 보이지 않는 십이지장과 항문, 요도까지 말이에요. 우리의 몸은 지금도 열심히 살아가기 위해 노력하고 있습니다. 때로는 내 몸의 세포 하나하나가, 내 장기 하나하나가 온 힘과 열을 다해 자신의 역할을 해내는 것을 생각하면 그렇게 기특할 수가 없어요.

우리는 때론 우리가 해낸 일, 성과, 내가 한 행동 등에만 집중하고 그것으로 우리 자신이나 다른 사람을 평가할 때가 많습니다. 그것으로 스스로를 깎아내리기도 하지요. 하지만 지금, 이 순간을 살아내기 위해 우리의 몸은 끊임없이 움직이고 노력하고 있다는 것을 기억하세요. 건강한 몸에서 건강한 생각이 나온다고 쉽게 말하지만 우리는 우리 몸을 너무 방치할 때가 많습니다. 안 좋은 음식으로, 안 좋은 습관으로 우리 몸을 다치게 둘 때가 많지요.

내 몸을 조금 더 사랑해 주세요. 그동안 수고한 내 몸 구석구석을 자세히 칭찬해 주세요. 그리고 앞으로도 잘 부탁한다고 격려의 말도 잊지 마세요. 내 몸아, 고마워!

사소한 질문

* 내가 좋아하는 음식은? 이유는?

* 내가 좋아하는 계절은? 이유는?

* 내가 가장 아끼는 옷은? 이유는?

* 내가 좋아하는 색깔은? 이유는?

* 내가 좋아하는 패션은? 이유는?

* 내가 좋아하는 풍경은? 이유는?

* 내가 여행하고 싶은 나라는? 이유는?

* 내가 받은 선물 중 가장 기억에 남는 것은? 이유는?

* 내가 중요하게 여기는 날은? 이유는?

* 내가 지금 받고 싶은 선물은? 이유는?

* 내가 지금 보고 싶은 사람은? 이유는?

* 내가 최근에 가장 크게 웃은 때는? 이유는?

* 내가 좋아하는 게임은? 이유는?

* 나에게 가장 의미 있는 물건은? 이유는?

* 내가 좋아하는 동물은? 이유는?

* 내가 좋아하는 날씨는? 이유는?

* 내가 싫어하는 말이나 행동은? 이유는?

* 내가 배우고 싶은 것이 있다면? 이유는?

* 내가 좋아하는 영화 혹은 드라마는? 이유는?

* 내가 살고 싶은 동네 혹은 집은? 이유는?

* 내가 좋아하는 음료는? 이유는?

* 내가 좋아하는 스포츠는? 이유는?

* 나만의 취미 생활은? 그것을 좋아하게 된 이유는?

* 내가 좋아하는 음악은? 이유는?

* 내가 좋아하는 사람은? 이유는?

사소한 질문

사실 제목은 '사소하지 않지만 사소한 질문'입니다. 앞을 생략했어요. 너무나 사소한 질문 같지만, 선뜻 대답 못하는 질문이 있었을 거예요. 나는 나를 알고 있다고 생각하지만, 사실 사소한 것에서 대답 못 하는 경우가 있습니다. 정말 사소한 질문인데도 말이에요.

사소해 보이지만 내가 한 답변이 나에 대해 많은 것을 말해줄 때가 있어요. '아, 나는 이런 것을 좋아하는구나.', '나는 이런 취향이었구나.', '아! 나에게 그게 소중했었지!' 하고 새삼 알게 되는 것들이 있을 거예요.

또는 답변하다 보니 문득 꼬리에 꼬리를 물고 옛날 소중했던 추억이 떠오르기도 하고, 소중했던 사람들이 하나둘 마음속에서 꿈틀꿈틀하기도 하고, '아, 내일은 오랜만에 그 사람에게 연락 좀 해야겠다.', '아! 내일은 그것 좀 먹어봐야지.' 하고 미래를 생각하기도 할지 몰라요.

'사소하지만 사소하지 않은 질문'이 되었네요. 어때요? 조금 더 나에 대해 알게 된 것이 있나요?

왓츠 인 마이 백

요즘 내가 주로 들고 다니는 가방(가방을 가지고 다니지 않는다면 주머니에라도?) 안에 어떤 소지품이 들어있는지 적어 보세요.

소지품에서 알 수 있는 나에 대한 정보는 어떤 것이 있을까요?

이 중에 나를 가장 잘 나타내는 물건은 무엇인가요? 그 이유는 무엇일까요?

왓츠 인 마이 룸

내가 주로 사용하는 나만의 공간이 있나요? 그 공간은 어떤 물건들로 채워져 있는지 적어 보세요.

내 방, 내 공간에서 얻을 수 있는 나에 대한 정보는 어떤 것이 있을까요?

내가 가장 애정 하는 물건은 무엇인가요? 그 이유는 무엇일까요?

왓츠 인 마이 백&룸

SNS에 보면 유명 연예인이나 인플루언서가 자신의 가방에 들어있는 소지품들을 보여주는 영상이 종종 올라옵니다. 유명인들의 가방 속에는 도대체 무엇이 들어있는지 궁금해서 많은 사람이 즐겨보았을 거예요.

'소지품'을 보면 그 사람에 대한 정보를 많이 알 수 있어요. 화장품만 보더라도 이 사람의 손이 건조한지, 입술이 건조한지, 얼굴이 어떤 컨디션인지, 어떤 화장을 좋아하는지, 퍼스널 컬러 정보까지 알 수 있지요.

저는 학생 때는 가방에 꼭 책 한 권은 들고 다녀야 마음이 편했어요. 책을 좋아하기도 했지만 뭔가 그렇게 활자를 읽지 않으면 하루를 온전히 보내지 못했다는 강박관념이 있었거든요. 지금의 저는 아이를 키우고 있기 때문에 기저귀와 물티슈는 필수템입니다. 아이들을 위한 간식들도 꼭 들고 다니지요. 특별히 요즘은 약봉지가 많아요. 아이들이 자주 아프다는 이야기죠. 저 혼자서 다닐 때는 화장품, 차 키, 제가 좋아하는 뜨개질 용품도 들고 다녀요. 벌써 저에 대한 많은 정보가 나오지요? '운전을 할 수 있다.', '뜨개질이 취미다.' 등.

들고 다니는 소지품의 형태도 자세히 살펴보세요. 귀여운 캐릭터가 꼭 있어야 하는 사람, 꽃무늬를 좋아하는 사람, 핑크 홀릭인 사람, 아주 심플하고 무늬 없는 것을 좋아하는 사람. 올 블랙을 추구하는 사람. 이렇게 취향도 확고히 나뉘기도 하고 무엇을 들고 다니는지에 따라 그 사람의 성격, 직업, 취미도 알 수 있어요.

여러분의 소지품에는 어떤 정보가 담겨있나요? 나는 어떤 것을 좋아하는 사람인가요? 어떤 성격의 사람인가요?

자신의 방, 자신만의 공간은 더욱더 나를 확연히 보여줍니다. 세상에 똑같은 집이 없다고 하지요. 같은 아파트라도 각 사람의 취향, 본인의 사정, 상황 등 여러 가지로 자신만의 공간을 채우게 되어 있습니다. 인테리어에 진심인 사람, 옷을 좋아하는 사람, 꼭 나만의 게임 공간이 있어야 하는 사람, 반려동물을 위한 공간이 반드시 있어야 하는 사람. 정말 천차만별이지요.

나만의 공간에서 말해주는 나는 어떤 사람인가요? 오늘은 한 발짝 떨어져서 자신의 공간을 살펴보세요. 마치 형사가 조사를 나오듯이 이 방의 주인은 어떤 성격이고 어떤 취향일까, 어떤 관계를 맺고 있을까 등등 나에 대한 정보들은 쭉 적어 보세요. 그러다 보면 의외의 면을 발견하게 되기도 하고 몰랐던 모습도 보게 됩니다.

아, 나 이런 것 좋아했었지? 나 예전에 이것 참 관심 많았는데, 요즘은 또 바뀌었네? 이런 것 좀 더 사봐야겠다.(갑자기 쇼핑의 욕구가?)

아이들만 챙기던 엄마 아빠는 자신만의 오롯한 공간이 없을지도 몰라요. 식탁 한 켠이라도, 화장실 한구석이라도 내가 좋아하는 어떤 물건 하나만 갖다 두어도 '내 공간', '나를 나타내는 곳', '나만의 안전지대'가 되기도 하지요.

나에 대해서 조금 더 알게 된 부분이 있나요?

나의 숫자들

- 내 키는?

- 내 몸무게는?

- 내 나이는?

- 내 생일은?

- 내가 좋아하는 숫자는?

- 내 발 사이즈는?

- 내 월급은?

- 내 최근 외식 비용은?

- 내가 샀던 것 중 가장 비쌌던 물품의 비용은?

- 보통 내가 미용실에서 쓰는 비용은?

- 하루에 화장실 가는 횟수는?

- 내가 다니는 병원 수는?

- 한 달에 평균적으로 병원을 가는 횟수는?

- 내가 먹는 영양제 수는?

- 내게 의미 있는 날짜 혹은 숫자는?

- 내 학창 시절 가장 높았던 평균이나 등수는?

- 내가 사귄 사람 수는?

- 내가 고백받은 사람 수는?

- 내가 자주 통화하는 사람의 수는?

- 내가 아무 때나 전화할 수 있는 친구의 수는?

- 내가 어려울 때 도움을 청할 수 있는 사람의 수는?

- 내 마음에 떠오르는 소중한 사람의 수는?

- 내 고민거리의 개수는?

나의 숫자들

'아, 뭐 이런 걸 적으래?' 하던 것이 있으셨나요? 오랜 고민 없이 적을 수 있는 것이 있는가 하면, 한참을 고민하다가 적은 것도, 아예 못 적은 것도 있으실 거예요.

우리나라는 '나이'를 중시한다고 하지요. 만나서 좀 이야기를 나누다 보면 으레 '나이'부터 물어보고 서열을 정하게 됩니다. 나이로, 학력으로, 우리의 월급 상황, 경제적 자원, 학교에서는 성적으로… 우리는 '서열화'가 매우 자연스럽지요. 하지만 또 그렇게 기분이 좋은 것만은 아닙니다. 그래 놓고 물어봤다고요?

우리 스스로에게도 그렇고 우리의 자녀들, 친구들, 가족들, 주변 사람들에게 숫자에 대한 관심은 이제 이런 게 되면 좋을 것 같아요. 몇 등, 몇 점, 몇 번에 초점을 두기보다는 요즘 어떤 고민이 있는지, 어떤 친구와 친한지, 어떤 걸 좋아하는 사람인지, 어떤 것에 관심이 주로 가는지 이런 거 말이에요.

가끔은 숫자로 나타내는 것들이 중요한 기준이 되기도 하지만요, 그래도 평소에 자주는 그런 세세한 것을 물어봐 주었으면 좋겠어요. 나에게도, 당신에게도요.

나
살펴보기

내 마음속 이미지 그리기 I

내가 생각하는 '가족'은 어떤 이미지인가요? 떠오르는 장면이 있다면 그려 보거나 글로 설명해 보세요. 혹은 내가 생각하는 '가족'을 표현하는 단어나 문장을 적어 보는 것도 좋습니다.

내 마음속 이미지 그리기 II

내가 생각하는 '사랑'은 어떤 이미지인가요? 떠오르는 장면이 있다면 그려 보거나 글로 설명해 보세요. 혹은 내가 생각하는 '사랑'을 표현하는 단어나 문장을 적어 보는 것도 좋습니다.

내 마음속 이미지 그리기

'이미지'라는 것이 참 중요하고도 신기한 단어예요. '사랑'하면 무엇이 떠오르나요? '가족' 하면 뭐가 떠오르세요? 누군가에게는 따뜻하게 다가올 수도 있고 누군가에게는 아주 차갑게, 또는 아프게 다가올 수도 있습니다.

우리에게 어떤 기억이 있는지에 따라, 어떤 경험이 있는지에 따라 저마다 그리는 세상은 다릅니다. 아주 추상적인 단어일수록, 형체가 없고 실체가 없기 때문에 각자가 가지고 있는 이미지가 모두 달라요.

내가 갖고 있는 이미지가 어떤지 모른다면, 내 마음속에 그려 놓은 이미지가 어떤 개념으로 자리 잡았는지 정확히 알지 못한다면 간혹 오해가 생기거나 당황하는 순간이 올 수도 있어요.

예를 들면, 한 사람과 한 사람이 만나 사랑을 해요. 하지만 내가 생각하는 사랑과 상대방이 생각하는 사랑은 많이 다를 때가 있지요. 나는 사랑이라고 생각했는데 누군가에게는 그것이 부담되는 일일 수 있거든요.

마찬가지로 내가 만들고 싶은 가족의 모습이, 내가 '가족'이라고 생각하는 이미지가 저마다 있어요. 하지만 그것을 제대로 공유하지 않는다면, 차이가 생기고 오해로 번지고 갈등으로 심화될 수 있지요.

비단 '가족', '사랑'이란 단어뿐만이 아니에요. 관계에서 경험하는 갈등을 짚어 나가다 보면 서로가 갖고 있는 '이미지'의 차이에서 발생할 때가 종종 있습니다. 나는 사과를 했다고 생각했는데 상대방은 전혀 사과로 느끼지 않았을 수도 있고요, 나는 이것이 관심이라고 생각했는데 상대방은 '저 사람 나에게 진짜 무관심하다'라고 느꼈을 수도 있다는 것이지요.

그래서 먼저는 내가 어떤 이미지를 가졌는지 살펴보는 것이 매우 중요합니다. 내가 경험한 것이 무엇인지, 내가 갖고 있는 이미지는 무엇인지, 그것이 실제로 어떻게 표현되고 있는지 알아차리는 것이 엄청나게 중요해요.

'아, 내가 생각하는 가족은 이런 모습이구나.', '내가 생각하는 사랑이 이런 형태였구나.' 오늘 또다시 새롭게 알게 되면 좋겠습니다.

그러던 중에 혹시나 오해로 인해 갈등이 생겼던 사람이 생각나거든 한 번 조심스레 이야기해 보세요. '사실 말이야. 난 이렇게 생각하고 있었어. 그래서 그랬어.' 하고 말이에요.

그리고 혹시나 내가 생각하는 이미지가 차갑게 또는 아프게 느껴져서 조금 더 따뜻하게 만들고 싶다면 새로운 경험을 시도해 보는 것도 좋을 것 같아요.

한 달 뒤, 혹은 1년 뒤에 다시 이 단어를 생각했을 때 조금 더 마음이 따스해지는 이미지가 생각날 수 있도록 오늘, 그리고 내일, 나만의 이미지를 만들어 가보세요. 서툴고 어렵더라도요.

말말말 I

내가 자주 하는 말을 생각하여 써 보세요.

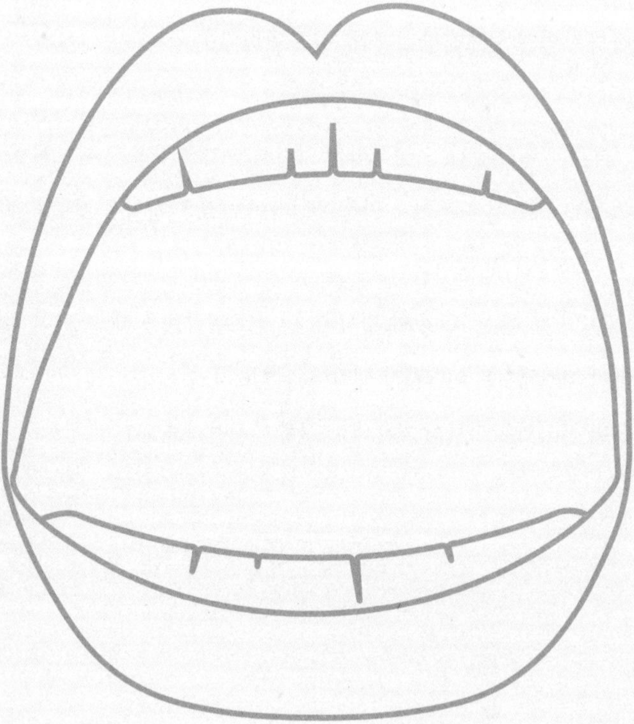

말말말 I

내가 자주 하는 말은 어떤 것이 있나요? 나의 말투나 말하는 내용에 종종 반복되는 것이 있나요?

가끔 주위 사람들이 내 말투를 따라. 하거나 '그런 말 그만해요!'라고 하거나, '참 당신은 그런 말을 자주 하는 것 같아요.'라고 피드백하는 것을 들어본 적이 있나요?

'말'에는 그 사람의 평소 생각이 잘 드러납니다. 무의식이 드러나기도 하고요. 평소의 가치관, 평소의 습관, 평소의 느낌 등 은근하게 그 사람을 나타내곤 합니다. 그래서 가끔은 무섭기도 합니다. 요즘 내 입에 자주 달고 사는 말이 부정적이라면 말이에요.

어떠세요? 지금, 현재, 당신은 어떤 말을 자주 하고 살고 있나요? 내 입에 자주 따라다니는 말은 무엇인가요? 그것을 적어 본 느낌은 어떠세요?

나는 어떤 말을 자주 하는 사람이 되고 싶나요? 어떤 말과 생각이 따라다니는 사람이 되고 싶으세요? 지금, 바로 이 순간부터 해 보세요. 그 말을 자주 내뱉을 수 있도록 연습해 보세요.

내 말이 나의 인생을 나타낸다는 것을 잊지 마세요. 말을 통해 내 생각을, 가치관을, 삶의 분위기를 바꿀 수 있는 놀라운 힘이 있다는 것을 경험해 보세요. 지금 당장요!

말말말 II

지금 떠오르는 사람이 있나요? 가족, 친구, 사랑하는 사람, 동료 누구든지요. 그 사람을 생각하면서 그 사람이 자주 하는 말이 무엇인지 떠올려 보고 써 보세요.

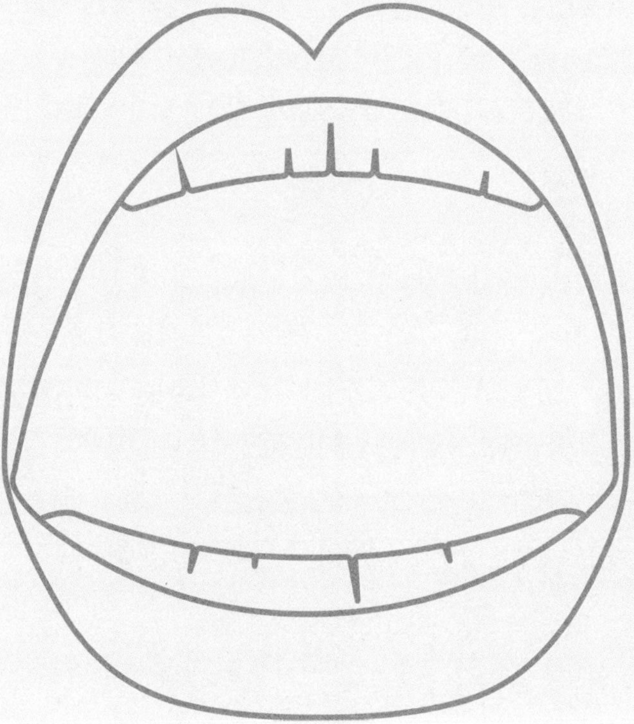

말말말 II

너무나 자연스럽게 '고마워'를 자주 하는 사람이 있고, '아~ 그렇구나!'하며 리액션을 달고 사는 사람이 있지요. 사랑에 빠진 사람은 무엇이든 아름다워서 '너무 좋다'를 연발하기도 합니다. 자신감 없는 자신을 다독이기 위해 '할 수 있다' 주문을 외우는 사람도 있어요. 한 편으론, 말끝마다 '죽겠다'를 붙이는 사람이 있고 '짜증나', '싫어'를 달고 사는 사람도 있어요. '힘들어'를 자주 하는 사람도 있고요.

당신이 생각한 그 사람이 자주 하는 말은 무엇인가요?

그 사람을 판단하거나 지적하기 위함이 아닙니다. 그 말속에 담긴 그 사람의 마음을 느껴보라는 것이었어요. 그 사람이 그 말을 달고 살게 되기까지 어떤 과정이 있었을지, 어떤 일이 있었을지, 지금 그 사람은 잘 지내고 있는지……. 바로 그런 것 말이에요.

말끝마다 '죽겠다'고 하는 어머니의 우울함과 말 못 할 속상함이 느껴진다면 오늘은 말없이 꼬옥 안아드리는 건 어떨까요. 매일같이 '힘들다'고 하는 남편의 말 못 할 고민과 힘든 삶의 무게가 느껴진다면 '요즘 어때? 괜찮아?'하고 고민을 나눠보는 건 어떨까요.

자주 하는 말속에 담겨 있는 그 사람의 감정과 마음에 관심을 가질 여유가 있다면, 그래서 그 말속에 담긴 진짜 진심을 우리가 느끼고 공유할 수 있다면, 조금은 덜 외롭지 않을까요? 서로서로가 말이에요.

가족 이야기

내 부모 혹은 주 양육자는 나를 어떻게 대했나요?

주 양육자에게서 느꼈던 정서, 관계 방식, 갈등 해결 방법은 어떤 것이 있나요? 그에 대한 나의 생각은?

부모 혹은 주 양육자에게서 전해져 내게도 보이는 모습이 있다면 어떤 것일까요?

그중 변화를 주고 싶은 부분이 있다면 어떤 것일까요? 어떻게 바꾸고 싶나요?

우리 가족의 분위기는 어땠나요?

우리 가족이 품은 '문제'가 있었다면, 어떤 것이었을까요?

문제를 해결하는 방법은 어떤 것이었나요? 그 방법에 대한 나의 생각은?

내가 바라는 가족의 모습은 어떤 것일까요?

가족 이야기

나를 알기 위해서는 내 뿌리가 되는 가족 이야기를 안 할 수 없지요.

나의 가족은 어떠했나요?

나 자신의 의지로 만난 가족은 아니지만 그 안에서 태어나고 자란 이상, 불가피하게 어린 시절부터 절대적인 영향을 주고받으며 자라납니다. 내가 보고 자란 것들이 대부분은 가족, 부모, 주 양육자의 행동, 정서, 문제 해결 방식이기 때문에 나라는 한 사람을 만들기까지 많은 영향력을 끼치지요.

가족 이야기를 자연스럽게 하는 사람이 있는가 하면, 가족 이야기를 꺼내는 것이 어렵거나 생각하는 것만으로도 힘들어하는 사람이 있습니다.

어느 가족이나 밝은 면만 있지는 않습니다. 어둡고 꺼내보기 어려운 부분이 있어요. 사람은 완벽하지 않고 부모들도 자신들의 부모로부터 영향을 받거나 자신이 보고 들은 대로, 배운 대로 행동하기 때문에 많이 부족합니다. 또한 부모가 되면서 더욱더 자신의 부족한 면들이 나타나기도 합니다. 자신의 배우자와 자녀들을 대하는 방법을 제대로 배운 적이 없기 때문에 잘못된 방식으로 대응하고 문제를 해결하여 가족의 모습을 일그러뜨리기도 하지요.

가족의 모습은 저마다 다르고 내가 느끼고 배운 것들도 모두 다르지만, 분명한 것은 일정 부분이 나에게 전달이 되었다는 점입니다. 인정하기 어려운 바로 그 부분마저도요.

그 모습을 들여다보는 과정은 매우 어렵습니다. 엄청난 시간이 들기도 하고요. 하지만 내가 지닌 어떤 정서나 인간관계의 방식, 문제 해결 방법 등 고치고 싶거나 상처가 고여 터지려 하거나 아픔을 호소하는 단계가 온다면 힘을 내어 들여다봐야 합니다. 나의 어려움이 어디서 비롯되었는지, 어떤 것들을 배웠는지, 어떤 것이 전해졌는지, 그리고 난 어떻게 바꾸고 싶은지 등을 묻고 답해야 할 때가 분명 올 거예요.

그때가 되면 피하지 말고 들여다보세요. 힘들어도 꼭 찬찬히 들여다보고 이야기를 해주세요. '그런 일들이 있었구나. 그런 것들이 내게 전해졌구나.' 그리고 아픈 상처가 있다면 꼭 치료해 주세요. 그 뒤에 나는 어떻게 바꾸고 싶은지, 어떻게 살고 싶은지 다시 한 번 그려보세요. 분명 변할 수 있고 바꿀 수 있어요.

내 몸의 감각 느끼기

지금 내 몸에 느껴지는 감각들을 써 보세요(예시- 손발이 차갑다, 심장박동은 평온하다, 숨은 고르게 쉬고 있다 등)

최근에 느꼈던 강렬한 신체 감각이 있다면 써 보세요. (예시- 손이 떨렸다, 가슴이 쿵쾅거렸다. 호흡이 가빠졌다 등)

그때는 어떤 상황이었고, 나의 감정 상태는 어떠했는지 써 보세요.

내 몸의 감각 느끼기

내 몸의 감각을 느껴보는 일은 새삼스러울 수 있습니다. 평소에는 그리 의식하며 살지 않지요. 하지만 몸의 감각은 꽤 중요한 역할을 합니다. 예를 들어 아주 무서운 상황에 처했을 때 우리의 가슴은 쿵쾅대고, 손발이 차가워지며, 식은땀이 나기도 하면서 '어서 도망쳐!' 라는 강렬한 메시지가 떠오르며 도망치게 되어 있습니다. 또는 관심 있는 사람의 특정 행동이나 말에 가슴이 두근거리고, 얼굴에 열이 오르면서 '꽤 괜찮은 사람이야. 좋아해.'라는 판단을 하게 되기도 합니다. 이를 바탕으로 고백하기 전에 놀이 기구를 타며 데이트하거나 높은 곳에서 하라는 말도 있지요. 가슴의 두근거림을 좋아하는 마음으로 생각하도록 말이에요. 최근 들어 매체에서 많이 거론되어 알게 된 공황장애 또한 숨이 가빠지고 심장이 터질 듯이 빨리 뛰거나 가슴이 답답해지고 땀이 날 때, 그것을 '죽을 것 같은' 극심한 불안의 요소로 받아들이면서 발현됩니다.

이처럼 몸의 감각, 반응은 판단의 근거가 되어 우리의 정서와 특정한 행동을 하게 되기까지 꽤 많은 영향을 줍니다. 이 정보는 급박

할 때는 우리의 생존과도 직결되기 때문에 매우 강하고 빠르게 우리의 판단을 자극하기도 하지요.

문제는 이 반응이 오류가 날 때입니다. 그런 상황이 아닌데도 불구하고 몸의 반응이 강렬하여 극심한 감정에 잠식되거나 잘못된 판단으로 행동하게 될 때가 있습니다.

이를 줄이기 위해서는 내 몸의 반응과 감각이 어떤지 잘 알아야 합니다. 많은 심리치료와 마음 챙김 수련, 명상에서 신체 이완, 감

각 느끼기 등을 활용하는 것도 이를 위함이지요. 내 몸이 어떤 상황에서 어떻게 변화하는지, 어떻게 작동하는지, 어떤 강렬한 반응을 보이는지 알고 있다면 쉽게 오류에 빠지지 않고, 오히려 판단하는데 좋은 기준이 될 수 있습니다. 그러나 이 과정은 절대 쉽지 않고 어렵습니다. 익숙하지 않기 때문이지요. 하지만 만약, 강렬한 신체 반응이 오는 상황이 반복되거나 그로 인하여 강렬한 정서에 매몰되거나 판단의 오류가 발생하는 일이 잦다면 이에 대해 긴 시간의 훈련이 필요합니다. 전문가의 도움을 받을 수도 있어요.

나의 몸에서 어떤 일이 일어나고 있는지, 아주 작은 감각부터 강렬한 반응까지 인식하고 느껴보고 알아채는 작업 또한 중요합니다. 이런 나의 몸을 알고 있다면 내가 어떤 상황에서 어떤 감정에 쉽게 빠지는지, 그럴 때 어떻게 행동하게 되는지 알게 되고 필요하다면 조절을 할 수 있게 되겠지요.

나 자신을 알기 위해 알아야 할 것들이 참 많지요? 우린 섬세하고 아주 복잡한 존재니까요. 당신의 모든 알아 가는 과정들을 응원합니다!

나
다독이기

좋은 기억 담기

생각나는 대로 써 보세요.

내가 잘하는 것

나의 좋은 점 & 나의 장점 & 내가 자랑스러운 점

지금 생각나는 행복한 추억

내게 소중한 것 & 소중한 사람

좋은 기억 담기

어떤 좋은 기억이 떠오르던가요? 누가 보는 것도 아닌데 괜히 부끄러워 적지 못한 것은 없는지요? '에이, 그것까진 아니지.', '에이, 이건 남들도 다 하는 건데 뭐.' 하면서 넘어간 것이 있나요? 그렇다면, 얼른 다시 돌아가서 써 보세요.

'자존감'에 대해 들어보셨나요? 나를 사랑하고 존중하는 마음. 이 자존감이 중요하다는 말은 엄청 많은 전문가들이 이야기해서 알고 있을 겁니다. 하지만 정작 어떻게 해야 하는지는 잘 모르는 사람들이 많지요. 나를 사랑하는 마음이 커지려면 나로부터 좋은 기억을 자꾸 끄집어내 주는 것이 먼저 필요합니다. 나의 잘하는 것, 좋은 점, 행복한 것, 소중한 것 등등 나를 사랑하기 위해 찾아내야 할 것이 많아요.

그런데 우리는 나 자신에게 박할 때가 너무 많습니다. 자녀의 자존감을 높여 주기 위해 부모님은 자녀를 칭찬하고 격려하고, 내 주변 사람들의 기운을 북돋아 주기 위해서 작은 것에도 반응하지만 정작 나 자신에게는 칭찬 한마디 하는 것도 어색해할 때가 많아요.

나 자신을 만나기 위해 당신은 지금 열심히 노력하고 있고, 나아가 나를 사랑하기 위한 첫 발돋움일 테니 어서어서 좋은 것을 아주

많이 끄집어내 보세요. 아주 작고 사소해도 좋아요. '소화를 잘 시킨다'가 장점이 될 수 있다니까요? 진짜 내 몸이 건강하게 열심히 일하고 있다는 것에 박수 쳐야 하는 일인 거예요!

그동안은 지나쳐왔던 나만의 소중하고 행복한 기억들을 들여다보고 오늘은 행복하고 자랑스럽고 기쁜 감정을 충분히 느껴보면 좋겠어요. 바로, 지금!

나에게 선물하기

내가 받고 싶은 선물이 있나요? 물건이어도 좋고, 사람이어도 좋고, 장소여도 좋고, 그 어떤 것이어도 좋아요. 지금 내가 가장 받고 싶은 선물은 무엇인가요?

나에게 선물하기

선물이란 건 참 기분이 좋아지게 만들어요. 아주 작고 사소한 것이라도 '선물'이라는 말이 붙으면 특별해지기 마련이지요.

'나를 위한 선물'을 해본 적 있으신가요? 그냥 오늘 수고해서, 어떤 프로젝트가 멋지게 마무리되어서, 나에게 특별한 날이라서, 지치고 힘든 나를 격려하기 위해서…….

어떤 이유를 붙여도 좋아요. 그냥 오늘 나에게 선물 하나 해주세요.

갖고 싶었던 물건이어도 좋고, 멋진 여행지에서의 추억이어도 좋고, 영화관에서 팝콘을 먹으며 나 홀로 영화를 봐도 좋고, 편지를 한 자락 써 주어도 좋고, 꽃 한 송이를 사주어도 좋아요.

비용이 많이 들고 시간이 없어서 도저히 줄 수 없는 선물이면 인터넷에서 사진을 마음껏 보면서 대리 만족을 느껴도 좋고, 그게 너무 청승맞다면 그에 걸맞은 다른 것을 생각해 봐도 좋아요.

그냥 정말 나를 위한 선물 하나쯤, 해 주세요.

수고했다고, 잘 살아왔다고, 기특하다고, 이 선물을 받을 자격이 충분하다고…….

그리고 말해주세요. '사랑해 ○○야!'

낯간지러워도, 소중한 나에게 이 한마디 해줄 수 있잖아요?

나의 날 캘린더

한 달에 하루 정도(하루 이상도 좋아요)를 '나의 날'로 정해 보세요. 나만의 날에 나를 위해 무엇을 해 줄지 정해서 적어 보세요.

예시) 나를 위한 쇼핑의 날! 맛집 뽀개기! 혼자 영화 보기! 셀카 10장 찍기 등

나의 날 캘린더

'매일이 나의 날 아닌가?' 하고 생각하시는 분이 있나요? 그렇게 많지 않을 거예요. 우리 대부분은 학업에, 업무에, 육아에, 집안일 등등으로 인해 정신없이 하루하루를 달리고 버티기에 급급할 때가 많습니다.

하루를 온전히 내기가 어렵다면, 최소 한 시간이라도 '나만의 시간'을 정해두는 것이 아주 중요합니다.

그 시간은 오롯이 나 자신에게 집중해서 해 보고 싶었던 것, 평소에 하지 못하는 것들로 채워보는 거예요. 어떤 사람에게는 셀카 한 번 찍기가 그렇게 어렵습니다. 어색해 죽을 것 같고 뭐 하는 짓인가 싶기도 하지요. 하지만 '내가 가장 아름답다.'는 생각과, 오늘 이 순간을 기록하는 마음으로 하루에 한 번 정도는 셀카를 남겨 보는 것도 나에게는 큰 도전이 될 수 있어요. 나를 위해 무엇인가를 사본 적이 없는 사람, 내가 먹고 싶은 것을 먹기보다는 내 자녀와 주변 사람들에게 맞춰서 함께 먹어야 했던 사람, 한 번쯤 홀로 훌쩍 어딘가를 가보고 싶은 사람……. 각자만의 어떤 소소한 즐거움,

도전 거리가 분명히 있을 거예요.

저는 아이를 낳은 후에는 육아로 정신없이 살다 보니 '나만의 시간'을 갖는 것이 무척 중요해졌어요. 너무 스트레스를 받는 날은 잠을 포기하고서라도 모두가 잠든 시간에 나만의 시간을 갖습니다. 뜨개질하는 것도 그 시간을 활용하던 취미 중 하나였어요. 아무 생각이 들지 않고 집중할 수 있었거든요. 그냥 눈을 감고 음악만 들어도 좋고 보고 싶었던 영상이나 책, 웹툰을 보기도 하고 그냥 아주 짧아도 좋으니, 나만의 시간을 가져야 나의 스트레스가 조금은 해소되는 것 같았어요. 어느 날은 아이들을 어린이집에 보내놓고 무작정 어딘가로 떠나기도 합니다. 멀리는 못 가지만 그래도 차를 타고, 지하철을 타고 조금은 먼 곳으로 가서 쇼핑도 하고 그냥 막 걷기도 하고 혼자서 동물원에 간 적도 있어요! 그냥 나만 혼자 조용히 있고 싶어서요.

'누군가와' 함께 있는 시간들도 중요하지만 나 자신의 오롯한 시간을 가지는 것도 매우 중요합니다. 내가 어떤 것을 좋아하고 어떤 것에 관심이 있는지 조금 더 나 자신을 들여다보고 채워주는 충전의 시간들이 있을 때 비로소 마음의 어려움이나 스트레스가 해소될 때가 있지요. 고민해야 하는 시간을 따로 떼어 갖거나 나를 괴롭히는 상황에서 조금 떨어져 객관적으로 바라보는 시간을 가지다 보면 현재 나를 잡고 있는 어려움에 대한 약간의 실마리가 보이기도 하고요. '나'를 위한 삶보다 내 주변 사람들에게 더 집중해서 살았던 누군가에게는 엄청난 해소와 도전의 시간이 되기도 할 겁니다.

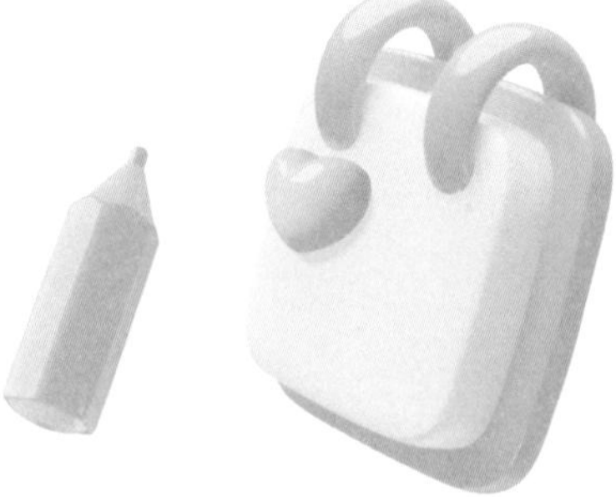

핸드폰은 반드시 충전을 해야 계속 사용할 수 있지요. 외향형의 사람이든, 내향형의 사람이든 우리는 모두 각자만의 방식으로 충전을 해야 하는 시간이 반드시 필요합니다. 그 시간을 어떻게 채울지는 각자의 성향과 체질, 관심사에 따라 다르겠지만요. 엄청나게 긴 시간이 필요하지 않아요. 그렇지만 온전히 나에게만 집중할 수 있는 시간을 꼭 가지고 내 속의 이야기를 들어보세요. 지금 필요한 게 무엇인지 답이 나올 거예요.

나의 성공 경험

최근에 내가 한 일 중 '아, 정말 잘했다!'고 생각하는 일이 무엇일까요? 그 이유는 무엇인가요?

지금까지 내 삶에서 가장 '성공'했다고 생각하는 경험은 무엇이 있나요? 이유는 무엇일까요?

이 일들을 이루어 낸 나에게 칭찬을 적어 주세요.

나의 성공 경험

보통 우리는 '성공'이라고 하면 좋은 학교, 좋은 직장, 엄청난 유명세, 부와 명예를 얻은 것을 떠올리곤 합니다. 물론 그것은 소위 말하는 '성공'이라 할 수 있지요. 하지만 우리의 삶에서도 소소하게 아주 다양한 성공 경험들을 합니다. 예를 들면 다이어트를 마음먹은 사람이 오늘 하루 동안 '물 2L 마시기', '집까지 계단 오르기', '밥 반만 먹기'를 계획하고 그것을 이루었다고 했을 때 그 사람에게는 그것이 엄청난 성공 경험이 되는 겁니다. 그게 무슨 '성공'씩이나 되냐고요? 내게 주어진 과제를 해내는 것, 내가 무엇인가를 크게든 작게든 이뤄본 경험. 이 모든 것이 우리에겐 '성공'의 경험이 됩니다.

만약 자녀를 키우는 분이라면 이 '성공 경험' 키워드를 꼭 기억하세요. 아이의 자존감을 키워주고 자기 효능감, 자기 확신 등 심리학에서 좋다고 하는 그 모든 것의 기본 베이스가 되는 것 중 하나가 바로 '성공 경험'입니다. 어른이 되어서도 마찬가지입니다. 우리 자신에 대한 효능감, 자신감, 그리고 자기 자신이 대단하고 멋진 사람이라고 충분히 느끼는 자존감 모두 바로 이 성공 경험에서 나옵니다.

꼭 엄청난 성공의 결과물이 아니어도 됩니다. 앞에서 말한 예시처럼 일상에서도 내가 무엇인가를 계획하고 목표를 정했던 것을 이룬 작은 경험치들이 쌓여 크나큰 성공을 이뤄내는 밑거름 역할을 합니다. 작은 것을 이뤄봤을 때의 그 쾌감들이 쌓여 나 자신에게 동기 부여가 되는 것이지요. 다이어트를 해보지 않았던 사람이 오늘부터 시작하겠다고 해서 당장 며칠 동안 계속 굶고 하루에 두세 시간씩 운동할 수는 없습니다. 오늘 하루는 밥을 반만 먹어보고 다음 날은 운동을 10분, 그다음 날은 15분, 이렇게 늘려가 보면서 아주 작은 옵션들을 변경하고 그 과정을 통해 변해가는 체중계의 숫자를 목도한다면 재미를 느끼고 즐겁게 지속할 수 있지요.

공부도 마찬가지고 사회생활에서도 마찬가지입니다. 당장 커다란 목표를 이룰 수는 없지만 오늘 하루 하기로 했던 것, 단기간의 목표로 정했던 것들을 해내는 짜릿한 경험들이 쌓이면 더 크고 더 높은 수준의 목표들도 이룰 수 있어요. 한 번 손맛을 알아버린 사람이 낚시를 계속 가게 되고 더 큰 고기를 낚게 되는 것처럼 말이에요.

아주 작고 사소한 것이라도 좋아요. 내가 오늘 이뤄낸 그 한 가지를 칭찬해 주세요. 그것을 이뤄내기 위해서 노력한 나의 '과정'들을 격려해 주는 겁니다. 그걸 이루기 위해 애쓰고 힘쓴 나를 누구보다 가장 잘 아는 건 나 자신이니까요.

그 성공 경험의 과정을 옆에서 지켜본 누군가에게 또한 격려의 말을 건네주세요. 평가와 잔소리는 잠시 넣어 두고, 그것을 이루기까지 얼마나 노력했는지 그저 알아만 주세요. '당신이 얼마나 노력하고 힘썼는지 알아. 그것을 해내기까지 수고했던 것도 알아. 너무 잘했어!' 자녀든, 배우자든, 친구든, 동료든 그 사람의 자존감을 높여 주는 엄청난 밑거름이 될 거예요!

감사

지금 이 순간 생각나는 감사한 일들 20가지를 써 보세요.

감사

심리학계의 많은 전문가들이 감사의 효과에 대해 이야기했습니다. '중요한 치유의 도구'라고 한 학자도 있고, 수면, 일, 운동에서 성과를 내기도 하고 스트레스를 완화시킨다는 결과를 내보이기도 했지요.

진정한 감사의 효과를 몸소 증명한 사람은 '오프라 윈프리'이지요. 어려운 가정 환경과 성폭행, 마약, 미성년의 나이에 출산 등 자신의 어둡고 힘들었던 과거를 솔직하고 담담하게 공개하면서 그런 상황 속에서 이겨낼 수 있었던 비법을 공유하였습니다. 수십 년 동안 하루도 빼지 않고 써온 감사 일기를 통하여 그녀의 삶은 변화하였고, 전 세계인이 그녀의 이름을 알게 될 정도로 유명한 사람이 되었지요. 그녀가 유명한 것은 단순히 미국의 유명한 프로그램 MC라서가 아닙니다. 다른 사람들의 이야기를 진심으로 듣고 공감할 수 있는 사람이었기 때문입니다. 그녀의 그 모든 힘의 근원은 바로 '감사'에 있었다고 해도 과언이 아니지요.

20개의 감사 글귀가 저절로 잘 써지던가요? 20개 정도야 가뿐히 쓴 사람도 있을 수 있고, 5개도 못 쓰고 고민에 빠진 사람도 있을 것입니다.

우리는 삶의 많은 부분을 만족하지 못하고 살 때가 많습니다. 다른 사람이 가진 것을 부러워하기도 하고 내가 가지지 못한 것에 집착하기도 하고, 그래서 우울감에 빠지기까지 할 때도 있지요. 나의 주어진 상황이 너무나 힘들고 무기력할 때는 다른 사람을 원망하기도 하고, 혹은 어쩔 수 없다고 포기하고 단념해 버리기도 합니다.

작고 사소한 것부터 감사하는 습관을 훈련해 보세요. 보이지 않던 것을 보기 위해서는 '훈련'이 반드시 필요합니다. 감사가 억지스럽고 사치스럽다고 생각될 정도로 나의 삶이 힘들다고 할지라도, 오늘을 살고 있는 것 자체가 고통스러울지라도 그 속에서도 감사할 거리들을 찾아보세요.

그저 내가 볼 수 있음에, 숨을 자유롭게 쉴 수 있음에, 절망 가운데도 내 옆에 있는 누군가로 인해, 생각나는 어떤 사람으로 인해, 그저 아름다운 자연을 보면서도 감사를 해볼 수 있길 바랍니다.

행복은 주변에 있다고 하지요. 저는 오히려 행복은 '만들어 가는 것'이라고 하고 싶네요. 도저히 행복이란 행복을 찾아볼 수 없는 그곳에서도 행복을 만들 수 있는 능력. 그것이 바로 감사에서 시작됩니다. 매일 한 가지씩, 세 가지씩, 나중에는 더 많은 수의 감사가 저절로 피어나는 삶이 되도록 오늘부터 '훈련'을 해 보세요. 건투를 빕니다!

Thank
You!

나
안아 주기

내 마음에 반창고 붙이기

조금은 아픈 질문일 수도 있어요. 하지만 피하지 말고 조심스레 꺼내어 보세요.

나를 가장 슬프게 했던 사건

내가 가장 창피했던 기억

날 가장 아프게 한 말

용기 내서 꺼낸 나의 아픈 마음에 반창고를 붙여 주세요. 혹은 나만의 위로 방법으로 내 마음을 한껏 안아주세요. 그리고 이렇게 이야기해 주세요.

“정말 많이 아팠겠다.”

“정말 속상했겠다.”

“힘들었을 텐데 잘 견뎌주어 고맙다.”

내 마음에 반창고 붙이기

눈에 보이는 상처는 부랴부랴 치료하는 일에 애를 씁니다. 피를 멈추게 하고, 소독을 하고, 연고를 발라주고, 반창고를 붙이지요. 어린아이가 손이라도 베이면 '호호' 불어주면서 '에구 우리 아가 얼마나 아팠을까?' 안타까운 표정으로 온 정성을 다해 치료해 줍니다.

우리 마음도 다칠 때가 있습니다. 몸에서 피를 보는 것보다 마음이 피를 흘리는 일이 더 잦을 수도 있습니다. 눈에 보이지 않기 때문에 알아차리지 못할 때가 많지만 누군가의 말, 표정, 사소한 행동 하나에도 우리의 마음은 다치고 상처를 입기 일쑤입니다. 그런데 마음의 상처에 대해서는 신경을 쓰는 이가 많이 없습니다. 그때그때 치료하지 않으면 흉이 지거나 세균에 감염되어 곪을 수도 있는 눈에 보이는 상처는 얼른 치료에 힘쓰는 데 마음이 다치는 일에는 서툰 경우가 많지요.

우리의 인생에는 저마다의 아픔이 있습니다. 어린아이들이라고 얕보지 마세요. 그들에게도 나름의 속상한 경험이 있어요. 우리 모두 절대 펼쳐보고 싶지 않은 기억이 있을 수도 있고 그 장면만 생각하면 다시금 눈물이 나는 사건도 있을 수 있어요.

그때의 나는 그것을 그냥 지나쳤을지 모릅니다. 너무 아프고 힘들어서 그냥 덮어두고만 있었을 수도 있어요. 피를 철철 흘리고 있는 내 마음을 인식도 하지 못한 채 그냥 사는데 급급해서 넘어가 버렸을 수도 있고요. 피 흘리는 내 마음을 볼 용기조차도 없어 그냥 휙 덮어버렸을 수도 있어요.

그런데요. 그 마음의 상처는 없어지지 않아요. 꼭 어디선가 다시 나타납니다. 그때와 비슷한 이야기만 들어도, 그때의 감정이 조금만 건드려지기만 해도, 그냥 불현듯이 생각나고 아플 때도 있고요. 혹은 사랑하는 사람들에게 나도 모르게 분출할 때가 있어요. 그것이 그때의 아픔인지도 알지 못한 채로요.

그래서 우리는 그때 못했던 작업을 지금이라도 해주면 좋을 것 같아요. 나조차도 돌아보지 않았던 내 마음을 아주 조금만 들여다보면 어떨까요?

"너 그때 많이 아팠지. 내가 몰라줘서 미안해. 너 그때 진짜 속상했을 텐데, 너 진짜 슬프고 화도 나고 어려웠을 텐데 나조차도 내버려 둬서 미안해. 이제라도 널 꼭 안아주고 싶어. 반창고를 붙여주고 싶어."

늦지 않았어요. 서툴러도 좋으니, 어색하고 이제 와서 새삼스럽게 느껴질지라도, 한 번 꼭 해보세요. 내 마음을 알아주세요. 꼬옥 안아주세요. 토닥여 주세요.

하고 싶었던 말

오늘은 과거의 어느 한 장면으로 돌아가 볼게요. 많이 속상하고 힘들었던 상황이 있나요? 그때 나를 아프게 한 사람이 있을까요? 가족이든, 친구든, 선생님 또는 직장 동료든 말이에요. 그 당시를 잘 상상해 보세요. 정말 하고 싶었는데 하지 못한 말이 있나요? 아무 말도 생각나지 않았을 수도 있어요. 그래서 더 답답했던 경우가 있지요.

상상력을 발휘해 보세요. 그 장면에서 가장 말을 걸고 싶은 사람을 지금 이 순간 초대해 보세요. 그리고 내가 정말 하고 싶었던 말을 한 번 해보세요.

______________________에게!

하고 싶었던 말

저는 남들이 볼 때는 매우 세 보이는(?) 사람이지만 실은 여린 겁쟁이였어요. 그래서 바로 그 순간에 해야 할 말을 하지 못하고 혼자 삼키고는 밤에 잠을 못 자면서 애꿎은 이불만 발로 찼지요. '아오! 그때 이 말을 했었어야 하는데!!' 몇 번이고 후회하면서 차마 입 밖으로 꺼내지 못한 그 말을 괜히 거울 속의 나에게, 아니면 그 사람을 상상하면서 앞에 세워두고 몇 번이고 내뱉어야 속이 조금은 시원했어요. 바보 같나요?

내가 하고 싶은 말을 다 하고 살면 얼마나 좋겠어요. 하지만 그 사람이 혹시라도 상처받을까 봐, 혹은 이런 말을 하면 관계가 더 안 좋아질까 봐, 혹은 정말 두렵고 무서워서 차마 이야기하지 못할 때도 있지요. 타이밍을 놓치기도 하고 말이에요.

지금 당장 그 사람을 찾아가서 '내가 이랬어! 알아?' 하고 쏟아부으면 좋겠지만 그것도 쉽지 않고요. 이미 그 사람은 그 일을 다 잊었을지도 몰라요. 하지만 아직도 그 일을 기억하며 힘들어하는 나 자신의 마음속 이야기를 조용히 털어 보는 건 어떨까요?

특히나 그 사람에게 하듯이, 그 사람이 앞에 앉아 있다고 생각하고 진짜 말로 풀어내기 시작하면 놀라운 일이 벌어지기도 해요. '아, 내 마음이 그랬구나.' 하고 새삼 감정이 떠오르기도 하고, '조금은 후련하다.' 하는 한풀이의 순간도 오고요. 입 밖에 정말 꺼내기조차 어

려운 그 말을 꺼냈을 때의 쾌감 말이에요. 한 편으로는 '그 사람은 그런 마음이었겠다.' 하고 아주 조금은 이해가 될 수도 있어요.

아주 조용한 나만의 공간을 찾아 진지하게 한번 풀어 보세요. 그동안 나조차도 몰랐던 나의 답답한 속사정을 풀었을 때 어떤 느낌이 드는지 한번 느껴보세요.

문제에 이름 붙이기

현재 나의 삶에 가장 '문제'라고 생각되는 것은 무엇인가요? 어떠한 습관, 행동, 기억, 상처, 사건, 감정 등 무엇이든 상관없습니다. 나에게 가장 어려움을 느끼게 하는 것이 무엇인지 써 보세요.

자, 이제 위에 쓴 '문제'에 이름을 붙여보는 겁니다. 어떤 이름이든 상관없습니다. 관련된 이름이어도 좋고, 전혀 상관없는 이름이어도 좋고, 유머러스한 이름이어도 좋습니다. '부르기 쉬운' 이름이면 더 좋을 것 같습니다.

이제 앞으로, 나의 삶에서 처음에 썼던 '문제'를 만날 때마다 내가 지은 이름으로 불러보세요. 어떤 변화가 생길지는, 직접 경험해 보세요!

문제에 이름 붙이기

저를 오래도록 괴롭히는 기억이 있습니다. '괴롭혔던'이 아니라 '괴롭히는'으로 표현하는 것을 보면 여전히 절 괴롭히나 봅니다. 제 과거 기억의 한 장면인데요, 그 사건과 연관된 드라마, 웹툰, 소설만 봐도 그때의 감정과 장면이 떠오르면서 우울과 슬픔이 물밀듯 밀려들어 옵니다. 하염없이 눈물이 나기도 해요. 그것이 저의 자존감을 갉아먹을 때도 많고 잘살고 있는 현재의 순간을 망치기도 했습니다. 그런 기억과 감정에 감히 이름을 붙여 보았습니다. 드라마의 한 장면이라고 생각하고 '명장면'이라고 지었습니다.

문제에 이름을 붙인다는 이 작업은 유명한 심리 치료의 실제 기법이기도 합니다. 물론 전후에 깊이 있는 과정이 있으나 '이름 붙이기'만으로도 우선적인 효과를 볼 수 있어요.

'이름'을 붙인다는 건 참 별거 아니면서도 신기한 일입니다. 나를 괴롭히는 그 기억에 이름을 붙이려니 우선 그 기억을 '쳐다보게' 되고요, 어떤 이름을 붙일지 고민하면서 조금은 '떨어져' 보게 됩니다. 또한 어떤 이름을 붙이느냐에 따라 그 기억에 대한 의미를 '재해석'하게 되기도 하더군요.

그 기억이 사라지진 않았습니다. 그건 없어질 수 없는 저만의 상처고, 아픔의 기억이거든요. 하지만 예전만큼 엄청 아프진 않습니다. 단순히 이름 하나 붙였다고 생긴 변화는 아니지만요, 이름을 붙이는 것부터 시작했던 거예요. 나를 옭아매던 '문제'에서 조금은 떨어져 보고, 다른 사람의 것처럼 쳐다보기도 하고, 새로운 이름을 붙여가며 나름의 의미도 다시 찾아보고요.

'문제'라고 하는 것도 하나의 이름이죠. 그것을 '문제'라 하는 순간 풀어야 하고 고민해야 하는 어려운 것이 됩니다. 하지만 다른 이름을 붙이는 순간 내게 다른 의미로 바뀌거나 심지어 별거 아닌 것이 되기도 합니다. 애써 지우려 하는 것이 아니라 다르게 보려고 해보는 거예요. 엉킨 실은 뭉칠수록 더 엉키는 것처럼, 문제라 이름 붙이고 내 삶에서 계속 엉키게 두었던 것은 아니었는지요. 조금은 떼어내서 바라보는 첫 시도가 되길 바랍니다. 아프지만 시도해 보세요. 또 다른 이름으로 당신에게 다른 의미가 될지도 모르니까요.

Try!

내 삶에 의미 부여하기

현재 당신 삶의 모습은 어떠한가요? 스노우볼 안에 나의 삶을 대표하는 모습을 그려보세요. 내가 하는 일, 혹은 내가 함께하고 있는 사람 등 어떤 것이든 좋습니다.

투명하게 비치는 스노우볼 속 내 삶의 모습을 가만히 들여다본 후, 질문에 답해 보세요.

Q. 왜 이 모습을 내 삶의 '대표'라고 생각했나요?

Q. 내 삶의 모습을 보면 어떤 느낌이 드나요?

Q. 현재 내 삶의 모습은 나에게 어떤 의미가 있나요?

내 삶에 의미 부여하기

어떤 삶이든 의미가 없는 삶은 없습니다. 내가 원하는 삶을 살든, 살지 않든, 내가 계획한 대로 되고 있든, 아니든, 아무것도 아닌 삶은 없습니다.

저는 많은 사람들이 부러워하는 대학에 다니면서 꿈도 컸고 계획도 창창했습니다. 하지만 여러 사건 속에서 하나둘 제가 꿈꾸던 방향과는 전혀 다른 진로가 펼쳐졌고 남들이 부러워했던 대학의 이름을 말하기 부끄러울 정도의 삶을 살고 있었어요.

하지만 제가 삶을 포기한 것도, 되는대로 산 것도 아니었습니다. 제 나름의 열심과 제 나름의 가치관을 따라 매 순간을 선택하고 최선을 다해 살고 있었죠. 남들이 보기엔 어떠했는지 몰라도요. 지금의 제 삶은 마냥 헛되지 않아요. 남들이 혹여나 저의 삶이 '실패'라고 할지도 모르겠지만 제 삶에는 아주 중요한 의미가 있답니다. 사랑하는 사람들의 '옆'에서 소중한 순간들을 함께하는 것, 풍부한 경험을 쌓아가는 것. 이것이 제 지금 삶의 의미입니다.

당신의 삶은 어떠한가요? 어떤 의미가 있나요? 헛된 삶은 없어요. 잘못된 삶도 없습니다. 당신의 지금은 당신에게 어떤 소중한 의미가 있나요?

감정 일기 - 감정 만나기

1. 오늘 내가 강렬하게 느낀 감정을 써 보세요.

2. 감정의 결과가 어땠나요? (행동, 몸의 반응, 관계, 일 처리 등)

3. 이 감정의 이유는 무엇인가요? 감정을 느끼게 한 사건, 사람, 과거의 기억, 상처 등……. 깊이 있게, 자세하게 들여다보세요.

4. 이런 감정을 느낀 나에게 어떤 말을 해 주고 싶나요?

5. 다음에 이런 감정을 느낄 때 어떻게 행동하면 좋을까요? 나의 다짐 혹은 계획, 대처 방안 또는 도움을 청하는 방식 등 다양하게 생각해 보세요.

감정 일기 - 감정 만나기

우리는 수많은 감정을 느끼며 살아갑니다. 하지만 모든 감정에 관심을 두지는 않지요. 심지어 강렬하게 느끼는 감정도 때로는 모른 척하기도 합니다. 그것이 만족감이든, 기쁨이든, 슬픔이든, 우울감이든, 좌절감이든, 분노든 말이죠.

엄청나게 만족하고 행복한 감정도 때로는 티 내지 않기 위해 모른 척하기도 하고요, 강렬한 분노나 불만도 함부로 드러내면 안 되기에 억누르고 살아야 할 때가 많습니다. 그렇게 감정을 알아주지 않으면 점점 둔감해져서 잘 못 느끼게 되거나, 억누르고 모른 척하던 것들이 튀어나오게 되기도 하지요. 조절을 못하기도 하고요.

감정을 '인식'하는 것은 꽤 중요한 작업입니다. 나의 감정을 잘 느껴야 다른 사람의 감정도 잘 느낄 수 있고, 나에 대해서도 더 잘 알 수 있습니다. 특히 분노나 화, 우울감이나 좌절감과 같은 감정은 그것이 어디에서 오는지, 무엇 때문인지 확실하게 알게 된다면 조절하기도 쉬워집니다. 무작정 모른 척하고 눌러 놓기만 하면 나도 모르는 사이에 튀어나와 나 자신도, 내 주변 사람도 힘들게 만들어 버릴 때가 많지요.

그래서 감정을 들여다보는 일은 매우 중요합니다. 특히 일기처럼 기록하고 차분히 들여다보고 생각해 보는 시간을 가지는 것도 매우 좋습니다. 내가 강렬하게 느끼는 감정이 어디에서 연유된 것인지, 나의 과거 기억이나 상처와 관련은 없는지, 특히나 나를 힘들게 하거나 괴롭게 만드는 반복된 감정이 있다면 이 작업은 더욱 중요합니다.

감정의 이유가 한 가지만 있지는 않습니다. 조목조목 살펴보고 자꾸 들여다보면서 '알아주는' 것이 참 중요합니다. 그동안 혹여나 외면해 왔던 이유라면 더욱더 말이지요. 그런 감정이 느껴지는 것이 부끄러운 것도, 이상한 것도 아닙니다. 그럴 수밖에 없었던 나의 감정의 이유를 만나게 된다면 조금은 나를 더 이해하고 알게 되면서 감정에 대해서도 유연해지게 됩니다. 이전에는 나도 모르게 행동하고 반응하게 되던 낯선 감정들, 그 감정을 처리하는 방식이 미흡했을 때의 좌절된 내 모습에서 조금은 자유로워질 수 있습니다. 내 감정을 모르고 당하는 것에서 '알아차리고' 대처할 수 있게 되는 것이지요. 하지만 이 과정이 절대 쉽지 않습니다. 내가 모른 체하거나 억누르고 살았던 시간이 길수록 내 감정을 세세하게 구분해 내는 것조차 어려워집니다. 예를 들면, 부끄러움에서 오는 겸연쩍음인지, 수치감에서 오는 분노인지 모른 채, 그저 강렬한 분노 감정만 표출했다면 이것을 구분해 내거나 들여다보는 것이 어려울 수 있습니다.

하루의 끝자락에서 펜을 들고 나의 감정을 돌아보는 시간을 가지는 첫걸음을 떼어 보세요. 내 감정에 더 솔직해지고, 더 유연하게 조절하고 싶다면, 나 자신뿐 아니라 다른 사람을 더 잘 공감하고 싶다면 지금 당장 훈련을 시작해야 합니다. 외면하고 덮어두기만 했던 나의 감정을 대면해야 할 때입니다. 당신이 사랑하는 가족이나 친구, 연인과의 관계에서 감정으로 인한 갈등이 반복된다면 더욱 필요합니다. 그리고 무엇보다 나 자신을 제대로 만나기 위해서는 반드시 필요한 과정입니다. 두려워하지 말고 시작해 보세요. 알아주지 않던 '나'를 알아줄 때 어떤 일이 벌어지는지 경험해 보세요. 당신을 진심으로 응원합니다.

죽음을 마주한 당신에게

* 조금은 어렵고 무거울 수 있는 주제이므로 준비가 되었을 때 답해 보세요.

내가 경험했던 '죽음'은 어떤 것이었나요? 예) 가족의 죽음. 친구의 자살, 사회적 사건 등

그 '죽음'을 경험했을 때 나의 감정 상태는 어땠나요?

그 '죽음'이 나의 삶에 끼친 영향이 있다면 어떤 것이었을까요?

죽음을 마주한 당신에게

제가 20대의 중반이 되었을 때 갑자기 폭풍처럼 사건들이 밀려왔어요. 외할머니께서 갑작스럽게 몸이 안 좋아지시더니 수개월 만에 돌아가셨어요. 비슷한 시기에 함께 공부하던 분과 같이 일하던 동료분이 스스로 생을 마감했습니다. 또한 할아버지께서 암에 걸리셨다는 소식도 들었지요. 너무나 한꺼번에 몰려왔어요. 함께 공부하고 일을 했던 분들은 엄청나게 가까웠던 건 아니지만 또 엄청나게 멀었던 사이는 아니었지요. 저는 그때는 잘 몰랐는데 그 일들이 꽤 크게 작용한 것 같아요. 공부하던 시기라 '애도'에 대해서 숱하게 들었는데도 너무 한꺼번에 몰아치니 제대로 '애도'를 할 겨를도 없었던 것 같아요. 나의 일상은 너무나 바빴고, 내가 해내야 할일들은 많았고, 내 감정을 돌아볼 새도 없이 나는 아무렇지도 않은 듯이 사람들 앞에 서서 강의를 하거나 상담을 해야 했어요.

그런데 어느 순간 여기저기서 고장이 나는 것 같았어요. 삶에 대한 허망함, 헛헛함, 무의미함이 스멀스멀 저를 잠식했고, 지금 나는 무엇을 위해 살고 있는지, 무엇을 위해 살아야 할지에 대해서도 점점 회의감이 들기 시작했어요. 내 감정이 너무 벅차서 사람을 만나기도 힘들었고, 내가 하고자 했던 모든 것에서 도망치고 싶다는 생각뿐이었습니다. 내가 하는 '상담'이란 일조차 버거웠고, 정말 힘이 있고 의미가 있는 일인지 모르겠다는 생각까지 들기도 했어요.

저의 부모님은 몸이 늘 약하신 분들이었어요. 특히 어머니가 많이 아프셨지요. 뚜렷한 병명은 없으나 신장이 많이 좋지 않아 늘 몸이 붓고 기운이 없을 때가 많았어요. 갑자기 의식이 없을 정도로 쓰러지시면 한참을 몸을 주무르고 시간이 지나야 조금씩 의식이 돌아오는 경우도 많았지요. 몇 년 전에는 아버지가 암이라는 소식에 정말 깜짝 놀라고 참담하기도 했어요. 다행히 초기에 발견하여 치료받으셔서 지금까지 함께 하고 있지만 완벽하게 돌아오지 않은 몸은 늘 아픔을 호소하곤 합니다.

이런 부모님의 모습을 자주 보던 터라 늘 불안감이 있습니다. 의식 없는 어머니를 보며 혹시나 하는 마음으로 코에 손을 대본 적이 한두 번이 아니에요. 늘 죽음을 염두하고 준비하는 마음으로 살고 있는 것 같습니다.

둘째 아이가 아주 아파서 33주 만에 응급 수술로 꺼내고 바로 신생아 집중 치료실로 들어가 5개월 이상 있었어요. 코로나가 극심할 때라 아이를 만날 수도, 만질 수도, 안을 수도 없는 서글픈 나날이었지요. 아픈 아이를 볼 수 있는 시간은 수술받으러 가는 길, 검사를 받으러 가는 길, 이동하는 그 시간밖에 없었습니다. 그마저도 인큐베이터 안에서 온갖 기계 장치를 달고 있는 아기를 만지지도 못한 채 바라보기만 해야 했어요. 어느 날은 CT 검사를 받던 중 호흡이 멈추고 심정지가 와서 의사들이 다 뛰어오는 등 난리를 겪었어요. 내 아이가 죽어가는 모습을 보는 그 참담함의 시간은 절대 잊히지 않아요. 다행히도 무사히 살았고, 지금은 함께 있지만요.

아주 가까운 사랑하는 이의 죽음을 경험한 사람들의 마음을 전차마 다 안다고는 할 수 없겠어요. 그저 제가 경험한 '죽음'에 대한 짧은 이야기들이었습니다. 제게 있어 죽음은 늘 가까이 있는 것 같지만 가까이하고 싶지 않은 단어인 것 같아요. 내 곁에서 없어진다, 더 이상 볼 수 없다는 그 '부재감'은 극심한 슬픔을 느끼게 하고 절망스럽게도 해요. 특히나 스스로 삶을 끝낸 경우에는 내가 그 사람에게 있어 도움이 되지 못했다는 죄책감, 미안함, 절망적인 슬픔, 한편으로는 우리를 두고 가 버린 것에 대한 미움, 후회 등 정말 수많은 감정들이 따라오는 것 같아요.

이미 병약한 부모님을 보며 죽음에 대해서 늘 준비하고 있다고 생각하지만 그래서 더욱 불안함이 있던 저에게 20대 중반의 한꺼번에 밀려왔던 그 일들로 개인적으로는 큰 변화가 생겼습니다. 저는 개인적으로 꿈도 비전도 광대하고 엄청나게 글로벌한 목표가 많이 있었는데요, 약간 현실주의자가 되었달까요?

당시에 제가 느꼈던 삶에 대한 사소함, 가벼움, 헛헛함과 허망함이 불투명한 미래보다는 '현재', '내가 있는 바로 이곳'에 집중하게 했던 것 같아요. 언제 죽을지 모르는 내 가족, 언제 죽을지 모르는 삶의 허망함 속에서 그냥 지금 내가 할 수 있는 것을 하자, 내 곁에 있는 사람들과 함께 하자, 엄청난 성공과 부, 명예보다는 그저 지금 내 삶을 충실하자고 다짐했던 것 같아요. 계획에 없던 결혼도 일찍

하고, 아이를 낳고자 노력했던 모든 삶의 방향들이 이 지점에서 시작된 것 같습니다. 먼 미래의 찬란한 목표보다는 오늘 하루의 할 일들, 가까운 미래의 현실적인 목표들을 세우고 실행에 옮기다 보니 내 삶의 모습이 내가 20대 초반에 상상했던 것과는 상당히 다르게 변한 것 같아요.

어떤 이들은 저에게 꿈이 작아졌다, 포기한 것이 많아졌다고 할지 모르겠는데 지금 제가 살아가고 있는 방식은 저만의 최선인 것 같아요. 이러한 최선의 선택들이 만들어 낸 모습이 저에겐 나쁘지 않고요. 떠나보낸 이들에 대한 애도의 시간은 조금씩 더 선명하게 가졌고, 그로 인한 내 삶의 의미들은 새로 정립해 나가는 중인 것 같아요.

'죽음'에 대한 당신의 이야기는 어떠했나요? 아직도 들여다보지 못하는 부분들이 있다면 무리할 필요는 없습니다. 하지만 '애도'의 작업은 꽤 중요해요. 상실에 대한 극심한 슬픔과 고통의 감정을 잘

흘려보내고 다시 내 자리를 찾고 내게 주어진 다른 관계들에 최선을 다하기까지, 내 삶을 다시 정돈하기까지는 꽤 오랜 시간이 걸릴 수도 있지만 반드시 해야 할 일입니다. 아주 힘들고 고통스러워도요. 보통은 시간이 걸려도 혼자서도 할 수 있지만 아주 특수의 상황이었거나 많이 고통스러워서 일상생활을 유지하기가 힘들다면 전문가의 도움을 받는 것도 추천해 드립니다.

당신에게 '죽음'은 어떤 이야기를 품고 있나요? 어떤 모양이든, 어떤 색이든, 당신의 이야기를 듣고 싶네요. 그리고 한번 꼭 안아드리고 싶어요.

나에게 해 주고 싶은 말

다음의 카테고리에 따라 '나' 자신에게 해 주고 싶은 말을 써 보세요. 다른 누구도 아닌 바로 '나 자신'에게 건네는 말입니다.

어린 시절의 나에게(특정한 나이를 정해도 좋습니다.)	20대의 나에게(30대, 40대, 50대의 나에게)
현재의 나에게	미래의 나에게

나에게 해 주고 싶은 말

나에게로 향한 편지에는 어떤 말이 적혀 있나요? 그동안 잘 살아왔다고, 애썼다고, 앞으로도 힘내라는 격려와 응원의 메시지가 있나요? 혹은 '절대 그것만은 하지 말아라.', '꼭 그걸 해야 해'라는 후회와 염려가 섞인 당부의 말이 적혀 있나요?

어떤 말을 써야 한다는 정답지 같은 건 없습니다. 그저 나는 나에게 어떤 말을 주로 하고 있는지 살펴보세요. 후회와 안타까움에서 나오는 걱정스러운 말도 있고 가끔은 나를 채찍질하는 말을 할 때도 있고, 진정한 위로와 응원의 메시지를 전달하기도 하지요. 이러한 말들이 지금의 나를 살아가게 하는 힘이자 원동력이 됩니다. 때로는 더 이상의 후회가 없도록, 잘하고자 하는 마음의 아이디어를 얻게 되기도 하지요.

나 자신에게 '말을 건네는' 일은 어색하고 쉽지 않습니다. 해보지 않았을 수도 있고요. 하지만 나 자신에게도 때로는 말을 건네줘야 해요. '지금 잘하고 있어. 앞으로도 잘할 수 있을 거야.'와 같은 응원의 말이나 '그건 좀 아쉬웠다. 다음에는 이렇게 해보자.'와 같은 반성과 다짐의 말이거나 '이걸 좀 더 해 보는 건 어때?'와 같은 권유의 말 같은 것 말이에요.

우리는 다른 사람에게는 꽤 많은 말들을 합니다. 그것이 칭찬인지 비난이나 책망인지는 여기서 묻지 않겠습니다. 다른 사람에게는 칭찬을 잘하는데 나 자신에게는 인색하다거나, 반대로 다른 사람에게는 비난의 말을 서슴지 않고 하는데 나에게는 한없이 긍정적이라거나 비교해 볼 수는 있겠어요. 나는 주로 다른 사람이나 나 자신에게 어떤 말을 하며 살아가고 있나요?

어쨌든, 오늘 건넨 이 말들이 당신을 움직이게 하는 힘이 되길 바랍니다. 과거의 후회를 통해 오늘을, 그리고 미래를 어떻게 살아야 할지 배울 수 있고요. 나에게 건네는 위로와 칭찬의 말이 오늘 나 자신을 일으킬 수 있는 에너지가 되기도 하니까요. 그러니 부지런히, 더 많이 나에게 말해 주세요. 나 자신에게만큼은 수다쟁이가 되어 주세요. 무엇보다도 "사랑한다." 라고도 꼭 전해 주세요!

나
키우기

사소한 버킷 리스트

우주 정복처럼 거창하지 않아도 좋아요. 내가 죽기 전에 먹고 싶은 것, 가보고 싶은 곳, 하고 싶은 것, 배우고 싶은 것 등 나만의 카테고리를 만들어서 버킷 리스트를 만들어 보세요.

나의 버킷 리스트를 보며 다음 질문에 답해 보세요.

* 나의 버킷 리스트 중 1년 안에 시도할 수 있는 것을 다시 써 보세요.

* 위에 쓴 것 중 한 달 안에 시도할 수 있는 것을 다시 골라 보세요.

* 위에 쓴 것 중 일주일 안, 혹은 오늘 당장 할 수 있는 것이 있다면 다음에 크게 써 보세요.

사소한 버킷 리스트

'버킷 리스트'라 하면 죽기 전에 해야 할 일이라 생각하여 꽤 먼 훗날, 몇 년 뒤를 생각하는 경우가 많은 것 같아요. 미안한 이야기지만 우린 언제 죽을지 사실 모르지 않나요? 그런 우리에게 오늘, 그리고 지금 이 순간은 얼마나 소중한지요.

'사소한'이 들어가는 이유는 거창하고 대단한 목표가 꼭 필요하지 않다는 것을 말하고 싶어서예요. 남들이 부러워할 만한 무언가를 이뤄야 하고, 성공해야 하고, 성취해야만 하는 것이 아니니까요. 며칠 동안 눈여겨보았던 옷 하나를 사는 것, 몇 주 전부터 먹고 싶었던 맛있는 음식을 사 먹는 것 하나도 나의 소중한 리스트가 될 수 있어요.

저는 한 번은 핑크색으로 머리를 염색했습니다. 탈색을 두 번이나 하고 그동안 벼르고 있었던 색으로 염색을 도전했어요. 일 때문에, 여러 상황 때문에 하지 못했던 것을 더 이상 미룰 수 없다고 생각하여 실천했던 저만의 도전이었는데, 주변의 반응이 더 엄청났습니다. '나도 해 보고 싶었는데'가 대부분의 반응이었어요. Why not? 지금이 제일 빠른 때예요. 더 이상 미루지 마세요.

행복은 멀리 있지 않다, 가까이에 있다고 수많은 사람들이 이야기하지만 정작 그것을 느끼고 열심히 나의 행복을 만들어 가는 사람은 얼마나 될까요? 내가 쓴 버킷 리스트를 보세요. '언젠간 하겠

지.', '죽기 전에 하면 될 거야.'가 아니라 지금 당장 할 수 있는 일을 찾아보자고요!

죽기 전에 해야 할 일을 적는다는 것은 반드시 이루고 싶고, 해보고 싶은 것들이잖아요? 그걸 지금 당장 하지 못할 이유가 없지요. 아주 작고 사소한 것이라도 괜찮아요. 나를 위해 할 수 있는 그 무엇이라도 괜찮아요. 지금 당장 나의 행복을 만들어 가보자고요.

타임머신 타기

타임머신이 있다고 상상하고, 내가 돌아가고 싶은 때를 정해 보세요. 너무 행복한 때라서 다시 경험하고 싶다든지, 반대로 후회되는 일이 있어 돌려놓기 위해서라든지, 꼭 다시 만나서 해야 할 말이 있는 사람이 있다든지 어떤 이유든 상관없어요. 돌아가고 싶은 때와 그 이유를 함께 써 보세요.

돌아가고 싶은 때

그 이유

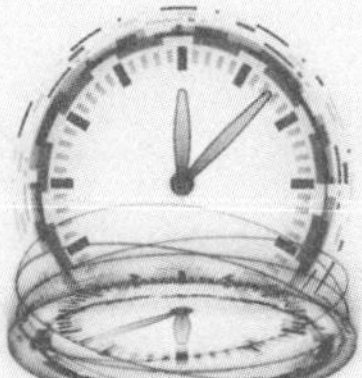

생각하기

* 돌아가고 싶을 때가 '행복'했을 때라면, 그 기분을 다시 맛보기 위하여 내가 '지금'할 수 있는 일은 무엇일까요?

* 돌아가고 싶은 때가 '후회'하는 때라면, 그 때와 같은 일이 생기지 않기 위해 내가 '지금'할 수 있는 일은 무엇일까요?

타임머신 타기

과거의 어느 날을 추억할 때가 있습니다. 현재가 너무 힘들어서 과거의 행복한 장면을 기억하며 현재의 기운 없는 나 자신을 다독일 때가 있기도 하고, 반대로 후회되는 그 순간을 기억하며 '만약 그때 그렇게 하지 않았다면 지금 어떻게 바뀌었을까?' 하며 아쉬움을 금하지 못할 때도 있지요.

각각 느끼는 감정은 조금은 다를지 몰라도 결국 '지금'의 내 상황에 대한 아쉬움 때문은 아닐까요? 지금 만나지 못하는 그 사람, 지금은 경험하지 못할 그 어린 시절의 추억, 지금 내 상황과 조금은 다를 수 있지 않았을까 후회되는 선택의 순간. 이러한 이유들이 '타임머신'이라는 갈망의 존재를 만들어 냈는지도 모르겠습니다.

진짜 타임머신이 생기지 않는 한, 과거는 결국 과거로 남게 되겠지요. 하지만 반대로 생각하면 그 과거를 추억하고 혹은 후회하는 '지금'의 나는 미래를 만들어 갈 수 있는 멋진 주체이지 않나요?

그래서 행복한 기억이든, 후회되는 순간이든, 그때를 기억하며 '지금'의 내가, 지금 이 순간부터 앞으로의 시간을 선택하고 만들어 가는 주체로서 힘을 다해보자 이겁니다! 그리운 그 순간의 감정을 또 한 번 경험하기 위해서 오늘의 행복을 만들고, 그때처럼 아쉬운 선택으로 후회하지 않기 위해서 오늘의 선택에 신중을 기하는 것 말이에요. 먼 훗날 다시 오늘을 추억하며 웃을 수 있도록, 지금, 그리고 오늘을 멋지게 만들어 보세요. 다른 누구도 아닌 '당신'이!

Weak Point? Change Point!

내가 생각하는 나의 약점이나 단점을 써 보세요.

내가 쓴 나의 약점과 단점의 반대말을 써 보세요.

위의 칸에서 내가 되고 싶은 모습이 있다면 "하나"를 정하여 그것을 위해 "지금" 내가 해야 할 일을 써 보세요.

Weak Point? Change Point!

우리는 스스로를 볼 때 약하고 부족한 모습에 집중할 때가 많습니다. 내가 못 하는 것, 부족한 것, 나의 연약한 부분에 자꾸 눈이 가고 그로 인해 좌절하고 실망할 때도 많지요. '나의 장점을 써 보세요.'라는 문장 앞에서는 한없이 작아집니다. 한참을 고민하다가 한 문장을 겨우 쓰고는 그것도 누가 볼 새라 얼른 지워버리기도 합니다. 열심히 써 놓고도 '이런 것 정도는 다른 사람도 다 갖고 있는 것들이지.' 하며 깎아내리기도 하고요. 하지만 단점을 쓰라고 하면 얼마든지 쓸 수 있다며 이것저것 꺼내어 놓습니다. 혹시 칸이 모자라지는 않았는지요?

하지만 다르게 생각하면, 나의 '약한 점', '안 좋은 점'이라고 했던 그 부분이 오히려 나의 성장 포인트가 될 수 있습니다. 내가 가지고 있는 장점을 잘 살리는 것도 중요하지만 내가 생각하는 나의 약점을 되살리는 작업도 중요합니다.

나 자신을 자꾸 작아지게 하는 나의 연약한 부분을 살펴보세요.

그 반대의 모습은 내가 되고 싶은 모습이기도 하지요. 그런 모습이 되기 위해 내가 할 수 있는 단 한 가지, 많이도 말고 딱 한 가지만 정해서 '지금' 해 보세요.

저는 자꾸 게을러지는 나의 모습을 부지런함으로 바꾸기 위해 지금 열심히 챙기고 나와 카페에 앉아 이 글을 쓰고 있답니다. 더 이상 이 책의 마감을 미룰 수 없기에 용기 낸 한 걸음이에요.

엄청 대단한 변화가 필요하지 않아요. 지금 내가 할 수 있는 그것 하나면 충분해요. 내 삶에 대해서 고민만 하지 말고, 좌절만 하지 말고 지금 당장 할 수 있는 무언가를 해 보세요. 오늘이 바로 변화의 시작점이 될 거예요.

내 버팀목 찾기

내가 힘들고 삶을 포기하고 싶을 때마다 나를 버티게 해 주었던 것은 무엇인가요? 다음의 나무에 써 보세요. 사람, 물건, 반려동물, 신, 어떤 대상이든 상관없습니다.

내 버팀목 찾기

버팀목의 사전적 정의는 '물건이 쓰러지지 않게 받쳐 세우는 나무'입니다. 우리는 우리 스스로가 혼자 잘 살아왔다고 생각할 수 있지만 분명 우리 삶에도 버팀목과 같은 것이 존재했습니다.

내가 넘어졌을 때, 내가 좌절하고 있을 때, 내가 삶을 포기하고 싶을 때, 도저히 혼자서는 못 일어설 것 같던 그 순간에 우리를 다시 일어나게 하고 움직이게 했던 것은 무엇인가요?

누군가에게는 사람이, 누군가에게는 반려동물이, 누군가에게는 신적인 존재가, 혹은 나의 꿈이, 내가 가진 추억이, 소중한 물건 하나가 버팀목 역할을 했는지도 모릅니다.

당신의 버팀목에게는 어떤 '이야기'가 있나요? 왜 그것이 나를 다시 일으키게 하나요? 어떤 이는 그것이 나의 '힘'이라고 말하기도 하고 '책임감'이라 말하기도 하고 '꿈'이라고 하기도 하며 '소중함'이라고 이름 짓기도 합니다.

저마다의 대상도, 이름 붙이기도 다르지만, 그 어떤 것이든 나의 오늘을 또 살아가게 하고 지치고 힘든 나에게 에너지가 되기도 하며, 내 삶의 이유가 되기도 하지요. 그 버팀목에게 오늘의 내가 전하고 싶은 말은 무엇인가요?

그것도 '나'다!

다른 사람이 나의 모습에 대해서 했던 말 중에 마음에 들지 않았던 말이 있나요? 어떤 말이었는지 써 보세요.

상처가 되었지만, 일부분 인정할 수밖에 없는 부분이 있기도 한가요? 그렇다면, 그것에 대해서 '그래, 그것도 내 모습이지!' 하고 외쳐 보세요.

그것도 '나'다!

살면서 누군가가 나에게 했던 말이 가시처럼 내 마음에 콕 박혀 있나요? 그 말이 지워지지 않아 아프고, 새삼스레 떠오를 때면 상처가 덧나기도 하나요?

그 말을 흘려들을 수도, 무시할 수도 있을 텐데 계속해서 남는 이유는 일부분 내 모습이 맞다고 인정되기 때문은 아닌지요? 인정하고 싶지 않지만, 왠지 맞는 것 같아서 더 속상한 것은 아닌지요?

물론, 상대방이 절대적으로 오해해서, 그 사람도 자신의 상황과 상처에 사로잡혀 나에게 무자비하게 던진 말일 수도 있습니다. 사실이 아닌 말인데도 내가 그것이 사실인 줄로만 알고 내 모습이라고 믿어버린 것일 수도 있습니다. 그랬다면 그것은 훌훌 털어버리세요. 상대방의 폭력과 같은 언어로 나를 아프게 두지 마세요.

하지만 어느 정도, 인정되는 부분이 있다면, 그렇지만 인정하기 싫도록 아프고 힘든 말이라면 힘껏 외쳐보세요. '그래, 그것도 나다!'

내 모습이 완벽할 수는 없습니다. 나에게 부족하고 잘못된 부분이 있기도 해요. 나의 약한 부분을 '인정'하는 작업도 매우 중요합니다. '그래! 그것도 내 모습이지!'하고 당당하게 외치고 어떻게 바꾸고 싶은지, 혹은 더 성장할 수 있는지, 혹은 그냥 놔두고 싶은지 생각해 보고 행동하면 되는 거예요. 인정? 어 인정!

꿈 이야기

* 내 어린 시절의 꿈은 무엇이었나요?

* 지금 당신은 어떤 모습인가요?

* 내가 꿈꾸는 '미래의 나'는 어떤 모습인가요?

* 내 '꿈'은 무엇인가요?

꿈 이야기

내가 '꿈'을 꾸던 시절은 언제인가요? 언제부터 나는 꿈을 '꿈같은 것'이라, 허무맹랑한 소리라 여기게 되었을까요? 나는 언제부터 현실에 급급한 '어른'이 되었을까요? '난 과학자가 될 거야!', '난 우주비행사가 될 거야!'라고 큰소리치는 어린아이를 보며 쓴웃음을 짓는 어른이 되어버리진 않았는지요? 하긴 요즘의 어린아이들도 그런 꿈은 잘 꾸지 않는다고 합니다. 아예 꿈이 없거나 모르겠다고 하는 친구들도 많고요, 유튜버 같은 인플루언서, 프로게이머, 웹툰 작가, 아이돌 등 요즘 시대의 화려해 보이는 직업을 선망하기도 하지요.

그런데요, 언제부터 '꿈=직업'이 되었던가요? 사실 우리는 모두 아직도 꿈을 꾸며 살고 있지 않나요? 내가 그리는 직장, 내가 갖고 싶은 것, 내가 추구하는 삶의 모습……. 이 모든 것이 우리의 '꿈'이지 않나요?

여기서 '꿈'에 대해 다시 생각해 본다면 꿈을 '내가 바라는 나의 모습'으로 정리해 보고 싶네요. '어떤 사람'이 되고 싶은지, '어떤 삶'을 살고 싶은지에 대해서는 그것이 이뤄질 때까지 계속 꿈을 꿔야 하는 것이 아닐까요? 만약 이룬다 해도 내가 원하는 또 다른 모습의 삶은 또 생기지 않을까요? 그렇다면 우리는 계속 '꿈꾸는 사람'이 될 수 있겠지요. 그리고 어떤 꿈이냐에 따라 나는 '꿈을 이룬 사람'이 될 수도 있어요.

거창하지 않아도, '다른 사람을 잘 도와주는 사람', '온 가족이 함께 주말을 보낼 수 있는 가정', '하루라도 여행을 훌쩍 떠날 수 있는 담대함' 등이 내 꿈의 타이틀이 된다면 말이에요. '어떤 사람', '어떤 삶'을 살 것인지는 우리, 열심히 상상하고 꿈꿀 수 있지 않나요?

아이들에게도 그렇게 물어봐주는 어른이 되어주면 좋을 것 같아요. '뭐가 되고 싶니?'와 같은 질문 보다는 '어떤 사람'이 되고 싶은지, '어떤 모습'으로 살고 싶은지를 계속 해서 물어봐준다면, 어떠한

직업을 갖게 되든지 자신만의 가치관과 삶의 방향성을 만들어 나가는 멋진 어른이 될 수 있을 거예요.

다시 물어볼게요. 당신의 꿈은 무엇인가요?

나를 그리다

* 프로필

오늘은 '나'를 만나는 시간입니다. 우선 나는 어떤 사람인지 알아야겠지요? 나의 프로필을 작성해 보세요. 프로필에 들어갈 내용도 직접 만들어 보세요.

* 인터뷰

'나'는 유명 인사입니다. 무엇 때문에 소문이 났는지는 당신이 알고 있어요. 기자가 당신을 찾아와 인터뷰를 요청했습니다. 나를 직접 인터뷰할 질문을 작성하여 답해 보세요.

질문 1

답변 1

질문 2

답변 2

질문 3

답변 3

* 나의 묘비명

오늘 내가 갑자기 죽는다면, 사람들은 나를 어떻게 평가할까요? 어떤 사람으로 기억되고 싶나요? 나에 대한 묘비명을 만들어 보세요.

나를 그리다

꼭 유명 인사만 프로필과 인터뷰 자료가 있다는 법 있나요? 우리도 얼마든지 가질 수 있다고요!

어떤 질문으로, 어떤 항목으로 작성했나요? 사소하고 가벼운 것부터 시작한 분도 있을 수 있고 진지하고 깊은 질문을 던진 분도 있을 거예요. 내 프로필과 묘비명은 무엇이라 작성했나요? 지금 나의 모습과 기억되기를 원하는 모습에 차이가 있던가요?

내가 어떤 사람인지, 어떻게 살고 있는지, 그리고 어떤 모습으로 기억에 남고 싶은지 계속해서 물어보는 시간이 필요합니다. 프로필과 인터뷰, 묘비명은 언제든 수정이 가능해요. 오늘의 질문과 내일의 질문이 또 달라질 수 있고, 오늘의 나와 내년의 내 모습은 또 달라질 수 있으니, 업데이트도 필요합니다.

타자의 시선으로, 제삼자의 입장에서 나를 계속 바라보면서 나의 모습은 현재 어떤지, 그리고 앞으로 어떻게 살고 싶은지 계속 묻고 그려낼 수 있습니다.

더 마음에 드는 내가 되는 그날까지, 어떤 노력이 필요하고, 어떤 삶을 만들어갈지, 그리고 오늘을 어떻게 살아야 할지를 계속하여 만들어 간다면, 언젠가 마음에 쏙 드는 프로필, 인터뷰, 묘비명을 가질 수 있지 않을까요?

부록

중요한 만남 1.

결혼을 앞둔 그대에게

당신이 만약 결혼을 앞두고 있다면, 배우자와 함께 다음의 질문지를 작성한 후에 진지하게 대화를 나누는 것을 추천합니다. 앞으로 함께 살아갈 반려자이기 때문에 서로에 대해 아는 것은 매우 중요한 일이지요. 나는 배우자가 될 사람을 얼마나 잘 알고 있을까요? 내가 알고 있다고 생각했던 배우자의 모습이 정말 그럴까요?

함께 살다 보면 내가 예상치 못했던, 전혀 기대하지 않았던 배우자의 모습에 많은 실망을 하게 되고 갈등을 겪게 됩니다. 물론 이 질문지 외에도 기상천외한 상황과 서로의 다름으로 인하여 묘한 엇갈림이 생기기도 하지요. 따라서 이 질문지 이외에 상대방에게 진심으로 궁금하거나 알고 싶은 것에 대해서 질문을 준비해 두었다가 묻고 답하는 시간을 가져보는 것도 좋을 것 같습니다. 이런 진지한 대화를 함께 나누고 고민할 수 있는 배우자를 만나길 바라면서요!

상대방에 대해 아는 것도 중요하지만 같은 질문지로 대화해야 하므로 내가 어떤지 아는 것도 아주 중요하겠지요. 결국은 나를 잘 알고 있어야 상대방에 대한 이해도 깊어집니다. 어떤 부분이 다르고 어떤 부분을 맞춰가야 할지 선명해지기 때문이지요. 불편한 질문이, 대답하고 싶지 않은 질문이, 정말 모르겠는 질문이 있을 수 있습니다. 그것을 인정하고 솔직하게 양해를 구한 후에 시간이 좀 지나서 다시 답을 할 수 있는지 돌아보는 것도 좋을 것 같습니다.

질문지가 갈등의 씨앗이 아닌 배우자에 대한 이해도를 높이는 용도가 되기를 간절히 바라며 당신의 결혼 생활을 응원하겠습니다.

중요한 만남 1.

결혼을 앞둔 그대에게 - 질문지

*** 생활**

- 내 생활 리듬은 어떤가요? (ex. 아침형/밤형, 아침 식사의 필요 유무, 취침 보장 시간 등)

- 주말이나 쉬는 날 무엇을 하며 시간을 보내는 것을 좋아하나요?

- 보장을 받고 싶은 개인 시간이 있다면 언제인가요? 무엇을 위한 시간인가요?

- 나의 소비 패턴은 어떠한가요? 저축, 보험, 등 현재의 소비 행태는?

- 나의 쇼핑 품목 중 보장해 주었으면 하는 것이 있다면?

- 가정의 경제권을 나눈다면? 혹은 나누지 않을 방법 및 약속 사항은?

- 휴가, 여행 계획을 세워 본다면?

- 비자금 조성에 관해 협의를 해본다면?

- 상대방에게 알려야 할 채무, 부동산 등 경제적 상황이 있다면? 이에 대해서는 반드시 알고 있어야 합니다.

- 집안일은 어떤 부분을 할 수 있나요? 집안일은 상당히 많아요. 빨래, 청소, 설거지, 밥하기, 커튼 빨기, 음식물 쓰레기 버리기, 화장실 청소, 계절 옷, 이불 바꾸고 세탁하기 등등. 배분에 대한 내 생각은?

- 내가 생각하는 부부의 성관계란? 성관계에 바라는 점(빈도수, 방법, 상대방에게 바라는 것, 내가 원하는 것 등)

- 시댁과 친정 방문 계획, 용돈, 명절 계획 등에 대해 논의해 보세요. 상황에 따라 변할 수 있고 둘만의 생각만으로 되지 않을 수 있는 민감한 사안이지만 먼저 부부의 합의가 필수적인 부분이고 함께 힘을 모아야 어려운 상황도 대처가 가능합니다.

*** 미래 계획**

- 임신과 출산, 육아에 대한 나의 생각 혹은 계획이 있다면?

- 내가 하고 있는 일에 대한 생각, 미래의 계획 또는 비전이 있다면?

- 노후에 대한 계획이 있다면?

- 주거 문제에 대한 나의 생각은 (ex. 외국 생활, 친정/시댁 근처, 내 집 마련 등)

*** 원가족 나누기**

- 각자의 원가족 구성원에 대한 생각, 대응 태도 혹은 방법에 대해 나눠 보세요. 아버지, 어머니, 형제 일일이 나와의 관계가 다르고 내가 대하는 태도도 다를 겁니다. 원가족과의 관계가 나의 배우자나 미래에 만날 수도 있는 자녀에게 무의식적으로 많은 영향을 끼치기 때문에 배우자와 나누기 전에 내가 스스로 돌아보는 작업도 충분히 가져 보시기 바랍니다.

- 나의 부모님은(부, 모 따로) 본인의 부모님, 시댁, 처가와 사이가 어떠했나요? 그 모습이 나에게는 어떻게 느껴지나요? 나의 결혼 생활에 영향을 미친다면 어떤 부분일까요?

- 원가족 안에서의 내 위치와 모습은 어떠한가요? 자라온 환경에 대해 나눌 수 있을까요? 너무 아픈 기억이 있거나 쉽게 말하기 어려운 부분이 있다면 양해를 구한 후, 나중에 준비가 되었을 때 나누는 것이 좋습니다.

- 내 원가족의 분위기는 어떠한지요? 특별히 갈등이나 문제가 생겼을 때 어떤 방법으로 대처하고 해결했나요?

- 내가 특별히 의존하는 원가족의 구성원이 있나요? 어떤 부분까지 이야기할 수 있나요? 부부 사이의 일에 대해 어떤 부분까지 이야기하는 것을 허용할 수 있나요?

- 원가족의 경제 상황을 알고 있나요? 내가 책임지거나 감당해야 할 부분이 있다면 어떤 것인가요?

- 이 밖에 원가족에 대해 배우자가 알아야 할 점이 있다면 무엇인가요?

*** 우리 가족, 우리의 관계**

- 내가 바라는 가족의 모습이 있다면 무엇인가요?

- 갈등이 생겼을 때의 해결 방법, 화해 방법을 정해 보세요.

- 반드시 지켜야 할 우리 가족의 규칙이나 약속이 있다면 무엇인가요?

- 꼭 지켜야 할 기념일을 정해 보세요. 그리고 바라는 것이 있다면 구체적으로 이야기해 보세요.

- 나의 특별한 상처나 아픔이 있다면 무엇인가요? 이것이 나에게 어떤 영향을 주었는지, 어떤 모습으로 문득문득 발현되는지 알고 있나요? 아직은 말하기 어렵다면 조금 더 시간이 흐른 후에, 말할 용기가 날 때 이야기해 보세요.

- 나를 특별히 화나게 하는 것이 있다면 무엇인가요? 내가 예민한 것, 조심해 주었으면 하는 것이 있다면 부탁해 보세요.

- 우리의 관계를 더욱 깊어지게 만들 방법은 무엇일까요?

중요한 만남 2.

부모가 되는 그대에게

우선 부모가 되는 당신을 마음 깊숙이 우러나오는 진심으로 축하합니다. 당신이 오래도록 기대하고 기다리던 자녀를 만나는 것이든, 계획에 딱 맞게 만나게 되었든, 무방비 상태로 닥쳐온 상황이든 무엇이든 간에 당신이 소중한 존재의 '부모'가 된다는 사실은 여전하지요. 부모가 된다는 것 자체만으로도 당신은 엄청난 역할을 맡게 되었습니다. 귀한 생명을 맞이하고 보살피는 귀한 책무를 맡게 되었고요. 심심한 축하와 격려를 드립니다.

세상에는 단 한 명도 같은 존재가 없지요. 그래서 '부모'의 가이드라인도 없습니다. 분유를 타는 법, 기저귀를 가는 방법은 있지만 아이를 어떻게 대해야 하는지는 모두 천차만별입니다. 각자의 기질도, 성격도, 성향도 다르기 때문입니다.

모든 부모가 자기 자녀를 사랑합니다. 자녀를 보며 기쁨과 환희, 사랑스러움과 행복감을 느끼기도 하지요. 하지만 자녀와 오랜 시간을 맞대어 실제로 삶을 살아가다 보면 수많은 당황스러움과 난처함, 짜증, 심지어 분노와 화의 감정도 느끼게 될 때가 허다합니다. 내 뜻대로 되지 않는 상황, 소통의 불가, 예상치 못한 전개 등으로 인해 이성을 잃기도 하지요. 아직 부모 준비 기간인데 너무 무서운 말을 늘어놓았나요? 무조건 행복감만 있지는 않다는 것을 알고 있어야 준비가 됩니다. 사실 준비를 한다고 해도 실전 상황은 전혀 다를 수 있다는 것 또한 알고 있어야 합니다.

그래서 조금이라도 준비하고 갈 수 있는 시간을 마련해 보고자 합니다. 아기 용품, 아기 옷을 준비하는 것도 중요하지만, 내 마음과 감정을, 아이를 대하는 자세와 방법을 조금이라도 준비하는 시간이 반드시 필요합니다. 이것도 사실은 아주 약소하지만요.

다음 질문지 외에도 이 책을 통하여, 또는 다른 공부들을 통하여 나 자신을 잘 알고 있는 것이 필요합니다. 내가 어떤 부분에서 감정의 동요가 일어나는지 알고 있어야 나의 자녀를 대할 때도 순간의 감정에 휘둘리지 않고 조금은 나를 조절할 수 있습니다.

이 질문지가 아직 자녀를 키워보지 않아 답하기 어렵다면 남겨두었다가, 실제로 자녀를 키워보면서 답해 보세요. 또한 자녀를 키우면서도 매월, 매년 답이 바뀔 수도 있습니다. 이전의 대답과 이후에 적은 나의 답이 어떻게 다른지 관찰하고 비교해 보는 것도 좋습니다.

아기는 말을 못 하기 때문에 소통의 불가함이 더 힘든 상황으로 이끌어 갈 때가 많지만 오랜 시간을 관찰하다 보면 내 자녀의 기질과 성향 파악도 쉬워집니다. '관찰'하는 것이 나를 알고, 자녀를 아는 것의 시작입니다. 분명히 할 것은 자녀는 내 '소유'가 아니라는 것입니다. 내가 마음껏 휘두르고 함부로 할 수 있는 존재가 아니라 내가 잠시 맡아서 양육하도록 위임받았다는 것입니다. 이것을 받아들여야 자녀를 내 마음대로 하거나 함부로 대하지 않게 됩니다.

앞으로 험난하지만, 분명히 아름다울 부모의 길을 진심으로, 마음을 다해 응원합니다.

중요한 만남 2.

부모가 되는 그대에게 - 질문지

*** 아기와의 첫 만남**

- 현재 내 느낌은 어떠한가요? 아기와의 만남을 기다리는 내 모습, 현재 상황에 대해 느껴지는 것을 써 보세요.

- 자녀 계획이 있었나요? 자녀가 생기는 것에 대해 기대하는 것이 있나요? 어떤 부분이 행복하고 만족스러울까요?

- 자녀 계획이 없었다면, 내가 현재 가장 걱정되는 것은 무엇인가요? 그럼에도 불구하고 우리에게 온 소중한 아기에게 하고 싶은 말이 있다면 무엇인가요?

- 자녀 계획이 있었든, 없었든 아기를 만난다는 것과 부모가 된다는 것은 마땅히 축하받아야 할 일입니다. 나에게 진심 어린 축하와 격려의 편지를 써 보세요.

*** 양육자 되기**

- 자녀 양육에 있어 내가 가장 중요하게 여기는 것은 무엇인가요?

- 내 아이에게 바라는 것이 있다면 무엇인가요? 솔직하게 써 보세요.

- 내 아이에게 바라는 것이 위와 같은 이유는 무엇인가요? 이것이 나의 과거와 연관이 있다면 어떤 것일까요?

- 내가 생각하는 교육은 무엇인가요? 계획이 있다면 무엇인가요?

- 내 자녀에게 꼭 시켜보고 싶은 것이 있다면 무엇인가요? 이것이 나의 과거와는 어떤 관련이 있나요?

- 내가 생각하는 놀이는 무엇인가요? 아이와 어떻게 놀아주는 것이 아이를 위한 것일까요?

- '훈육'을 생각하기에는 아직 모르는 것 투성이지만, 어느 정도의 기준점을 생각해 두는 것이 필요합니다. 내 기준으로 허용할 수 있는 것, 절대 안 되는 것에 대해 써 보세요.

- 육아는 혼자 하는 것이 아닙니다. 육아에 있어 도움을 받을 수 있는 주변 사람, 환경이 있나요? 생각나는 대로 모두 써 보세요.

- 육아는 쉽지도 않은 일입니다. 육아 스트레스를 날릴 수 있는 현실적인 방법을 생각해서 써 보세요.

* ‘부모 되기’ 위한 마음 준비

- 나의 말투는 어떠한가요? 고쳐야 할 부분이 있다면 무엇일까요?

- 내가 자녀 양육에 있어 현실적으로, 경제적으로, 심리적으로 가장 우려하거나 걱정하는 것이 있다면 무엇인가요? 그 이유는? 그에 대한 대처 방안은 무엇인가요?

- 정서는 대물림된다고 합니다. 내 부모와 나를 관찰하면서 나를 주로 점유하고 있는 정서는 무엇인지 생각해 보세요. 조금 더 긍정적인 정서로 바꾸기 위해서는 어떤 노력을 해야 할지 생각해서 써 보세요.

- 내 부모와의 경험, 상처가 내 자녀와 맞물리게 되기도 합니다. 생각나는 어린 시절의 상처나 아픔이 있다면 아주 어렵지만 마주해야 합니다. 앞에 나온 '내 마음에 반창고 붙이기', '하고 싶었던 말', '문제에 이름 붙이기', '내 삶에 의미 부여하기' 등과 같은 활동을 통해 좀 더 내 마음, 어린 시절의 아팠던 나를 알아주세요. 그리고 나의 자녀에게 어떻게 대해야 할지 구체적인 계획을 세워 보세요.

중요한 만남 3.

중년 & 노년기를 앞둔 그대에게

사실 요즘 시대에 중년, 노년기를 논하기도 어렵습니다. 나이의 많고 적음에 상관없이 저마다 다양한 콘텐츠와 삶의 방식으로 살아가고 있기 때문이지요. 50, 60대에 유튜버로 새로운 삶을 개척하여 청춘과 같은 삶을 살아가는 분들의 예를 봐도 그렇지 않나요? 하지만 그래도 어느 정도의 나이에서 느껴지는 몸과 삶의 변화, 내 주변의 관계 등을 고려할 때 중년과 노년의 삶이 가까워졌다는 생각이 든다면, 다시 한번 내 삶을 점검할 때인 것 같습니다.

이 글을 읽고 있는 당신이 중년기, 노년기와 가깝다 느낀다면 다음 질문지에 솔직하게 답해 보세요. 그리고 내 삶의 2막, 3막, 혹은 4막을 어떻게 만들어가고 싶은지 진지하게 고민해 보시기 바랍니다. 모두가 비슷한 삶의 모양을 갖고 있는 것처럼 보이지만 '똑같은' 삶을 살아가지 않습니다. 그 말은 즉, 얼마든지 색다르게, 얼마든지 더 풍요롭게 만들어 갈 수 있다는 것입니다. 단조로운 일상이더라도 내가 어떤 마음과 생각을 품고 살아가느냐에 따라 또 다른 하루

하루를 만들 수 있습니다.

지금까지 최선을 다해 살아온 당신의 시간에 감히 칭찬을 드립니다. 수고 많으셨습니다. 그럼 이제, 오늘부터 당신은 또다시 어떤 삶을 살고 싶으신가요? 어떻게 나의 인생을 재정비, 혹은 정리해 나가고 싶으신가요? 앞으로의 삶 또한 응원합니다. 더 멋지고 나은 내일을 위하여!

중요한 만남 3.

중년 & 노년기를 앞둔 그대에게 - 질문지

***내 삶 정돈하기**

- 지금까지 내가 이룬 것은 무엇인가요? 일, 가정, 관계, 경제적인 것 등 무엇이든 상관없습니다. 자세히 써 보세요.

- 내가 이루지 못한 것이 있다면 무엇인가요? 혹시 후회되는 것이 있다면 써 보세요.

- 위에 쓴 것 중에 다시 시도할 수 있는 것이 있나요? 있다면 언제 할 것인지 써 보세요. 없다면, 새롭게 시도하고 싶은 것을 써 보세요.

- 나의 5년 계획을 자세히 세워 보세요.

- 1년의 계획을 더 세세하게 써 보세요.

- 앞으로의 삶을 위해 내가 품어야 할 생각 혹은 신조를 써 보세요.

*** 관계 돌아보기**

- 내 주변에 남은 사람은 누가 있나요? 마음을 나눌 수 있는 사람들을 모두 써 보세요.

- 내가 더 돌봐야 할 사람은 누구인가요?

- 내 주변 사람들에게 나누고 싶은 것은 무엇인가요?

*** 죽음 마주하기**

- '죽음'에 대한 나의 느낌은 어떠한가요?

- '죽음'을 위해 내가 정리하거나 준비할 것이 있다면 무엇인가요?

- 나는 어떤 사람으로 기억되고 싶은가요?

- 유언장을 작성해 보세요.

이 책을 나오며

1. 지금 나의 느낌은 어떠한가요?

2. 내가 만난 나의 모습은 어떠한가요?

3. 조금 더 발견한 나의 모습이 있다면 어떤 것인가요? 몰랐던 것, 새롭게 알게 된 것이 있다면 써 보세요.

4. 마지막으로 '나'에게 하고 싶은 말이 있다면?

이 책을 나오며

이 책은 각자의 이야기가 담긴 책이 될 테니 똑같은 책이 될 수 없겠네요.

이 한 권이 결국 '당신의 책', '당신의 이야기'가 되길 바랍니다.

긴말이 필요할까요? 책 제목 그대로 '나'를 만나는 시간이었길 바랍니다.

당신은 있는 그대로 소중하고 사랑받아 마땅한 사람입니다.

당신을 알아 가는 것을 두려워하지 마세요.

당신을 모른 척 방치하지 마세요.

당신을 제대로 알아야 다른 사람도 제대로 보입니다.

그동안 알아봐주지 못했던 '나'에게 사과하세요.

당신을 알아 가는 것에 열심을 내시길 바랍니다.

그리고 더 많이 사랑해 주세요.

당신은 그럴 만한 사람입니다.